あれを買う!?
どうしてもあれが欲しいって言うなら非常手段に訴えるしかないぜ
あの絵は買えない!
……できません
複製をつくって入れ替えるとかな

クラッシュ・ブレイズ

夜の展覧会

茅田砂胡
Sunako Kayata

C★NOVELS Fantasia

口絵
挿画　鈴木理華
DTP　ハンズ・ミケ

1

リィはその絵の前でぽかんと口を開けていた。

「えーっと……?」

横にいるシェラも同じく困惑の表情である。

「どういうことでしょう?」

二人は惑星セントラルに来ていた。

エレメンタル近代美術館はこの星の中では比較的歴史が新しい。同時に最大の美術館でもあった。

収蔵品の質量ともに連邦屈指の規模を誇っており、一年を通して来館者の姿が絶えることはない。

休日には国内外を問わず大勢の観光客が訪れるし、平日には近所の学校の生徒たちが先生に引率されてやって来る。

優れた文化に触れることは立派な情操教育であり、学校も力を入れている分野だからだ。

小さい子どもたちは教師が作品の前へ連れて行き、作家の人となりや作品の成り立ちなどをおもしろく話してみせるが、中学生ともなると、教師は決して、あれを見なさい、これを見なさいとは言わない。

「必ずしも有名な作品を鑑賞する必要はありません。傑作と言われる作品を見ても何の感銘も覚えないと言う人もいますし、それはそれで結構。重要なのはあなたが何を見て、何を感じたかです」

しかし、今日は休日なので生徒の姿はない。

リィとシェラがここを訪れたのも授業ではなく、人に誘われたからだったが、美術館に来たからには絵を見なくては意味がない。

とはいえ常設展示の絵画、彫刻、素描《そびょう》、版画に限っても五万点に及ぶ巨大美術館である。

何を鑑賞すればいいかなどわかるはずがない。

美術館側もその辺は心得ている。主題や世代別に案内図とも言うべき見学コースをいくつも設置して、さまざまな企画展も用意しているが、二人は無難に初心者向けのコースを歩いてみることにした。

まず最初はわかりやすい名作から取りかかろうと思ったのである。

館内は恐ろしく広く、居心地のいい空間をつくり出している。観覧者が好きなように作品を鑑賞する余裕は充分にあった。それなりに絵を楽しみながら案内図通りに進んでいた二人の足が止まったのは、ある展示室に入った時だった。

作品で埋め尽くされた他の部屋や通路と違って、その部屋の壁には一枚の絵だけが展示されていた。

印象的な絵だった。

横は約二メートル。縦は約二メートル半はある。

真っ先に眼に飛び込んでくるのは、大きな画面のほとんどを覆《おお》い尽くす艶《つや》やかな黒い流れ。

図案化されながらも荒々しく燃える迫力を伝える巨大な太陽。対照的に冷たく冴《さ》え冴《ざ》えと光る月。

さらにそれらとはまったく異なる繊細《せんさい》な筆遣いで、画面右上に人の顔が描かれている。

どこを見ているかわからない美しい横顔だ。

画面のほとんどを占めているのはその人の漆黒《しっこく》の髪だった。星をちりばめたように煌《きら》めく黒髪の上に太陽と月が描かれているので、人の頭髪というより、まるで宇宙の黒のように見える。

この絵一枚で展示室を占領しているくらいだから有名な作品なのだろうが、リィもシェラもその絵を見たのはまったく初めてだった。題も画家の名前も知らなかったが、それでも足を止めた。

止めざるを得なかった。

他の観覧者も二人と同じように足を止めて熱心に絵を見上げている。

中には小さく感嘆の声を洩《も》らす人もいる。

「やっぱり実物は全然違うわねえ……」

「こんなに大きい絵だったんだ」

ひとしきり感心した観覧者が立ち去るとまた別の観覧者がやってきて、同じ感想を洩らしている。

二人はそれでもその絵の前から動けなかった。

絵の題《タイトル》は『暁の天使』

画面右上に描かれた『天使』を見上げて、リィは半信半疑で呟《つぶや》いたのである。

「……ルーファだよな？」

「わたしにもそう見えるんですけど……リィ。この制作年代を見てください」

題の下には作家名と制作年が記《しる》されている。

シェラが示したそれは銀河標準暦六五〇年頃。

つまり今から三百四十一年前に描かれた絵という計算になる。

二人が知っているその人は今年二十歳だ。

ありとあらゆる常識を無視して存在する人だが、三百年も前の絵にその顔が描かれているとなると、いくら何でも理解の範疇《はんちゅう》を超えてしまう。

普通に考えれば明らかに別人だ。

単なる偶然で似て見えるだけだと判断すべきだが、リィの直感がそれを否定する。

この肌の色、この表情、宝石のような青い瞳《ひとみ》。

根拠も理由も必要なかった。

確信だけがあった。

これは間違いなく『ルーファ』だと。

そしてこの絵を描いた画家は、リィの知っているその人物を確かに自分の眼で見た上で筆を走らせ、この顔と姿を、この瞳と髪を描いたのだ。

団体の観光客がぞろぞろと部屋に入ってきた。

一同を絵の前に集めて女性ガイドが解説する。

「皆さん。この絵はご存じですね？　近代抽象画の巨匠と言われるドミニクの代表作です。ドミニクは少年の頃から天才の呼び声も高かった人物ですが、九十歳で亡くなるまで遺憾なくその才能を発揮し、生涯で二千点余の作品を描いたと言われています。残念ながら大半は散逸してしまい、現在残っているドミニクの作品は百点もありません」

団体客から『もったいない』という声が洩れる。

「ドミニクは描き上げた作品に題《タイトル》をつけることは

ありませんでした。見る人が独自に判断すればいいという姿勢を貫いたのです。しかし、この絵だけは『暁の天使』と命名したばかりでなく、強い愛着を見せました。生涯で一度も結婚せず、特定の恋人も持たなかったというドミニクですが、その事実から、このモデルはドミニクの恋人だったのではないか、もしくは密かに思いを寄せていた相手ではないか、あるいは彼の理想を描いた空想の人物ではないかと、さまざまに推察されています。しかし、結論は未だ出されていません」

リィとシェラは団体客の傍《そば》に佇《たたず》み、何食わぬ顔で耳をそばだてていた。

「ドミニクは自分の作品に執着を持たない画家でもありました。およそ五十年に亘《わた》るドミニクの熱心な支持者であり、画商でもあったラブレスは、自分の最大の仕事は、ドミニクが自分の作品をただで人にやってしまうのを止めることだと冗談交じりに書き記しています。そんなドミニクがこの絵だけは描き上げてから亡くなるまでの四十年間、片時も傍から離そうとはせず、ラブレスがいかに頼んでも、個人蒐集家《しゅうしゅうか》から破格の条件で買い取りを申し出られても決して売ろうとしませんでした。亡くなる数年前、彼は手紙をしたため、この絵を譲る相手を指名するのですが、それが非常に謎めいた、個人を特定できない表現だったのです。そのためドミニクの死後、蒐集家の間でこの絵の争奪戦が起こりました。当時既にドミニクは非常に人気の高い画家でしたから、彼の画風の中では一風変わった、彼の最高傑作とも言うべきこの絵を欲しがる人間は大勢いたのです。――たとえ非合法な手段を使ってもです」

ガイドの口調にはそんな真似をする人間に対する非難と嫌悪の響きが籠《こ》められている。

「ドミニクの死後はラブレスがこの絵を預かります。絵を売買する商売であるにも拘《かか》わらず、ラブレスはドミニクの遺志を尊重し、個人には売らないという姿勢を貫き、所有者はあくまでドミニクとしたまま、美術館への委託展示を計画していました。ところが、その矢先、ラブレスの画廊に泥棒が入り、この絵は盗まれてしまいます。誰がやらせたかは不明ですが、世の中には盗品でもいいから欲しいという蒐集家がいるのは確かです。なお悪いことに盗品だと承知で買うわけですから、そうやって蒐集家の手に渡った作品が再び公《おおやけ》の場に出てくる可能性は極めて低くなってしまいます。しかし、幸いにもこの絵はその難を逃れ、再び表舞台に現れました」

団体客の一人が発言する。

「それはドミニクの呪いって聞いたことがあるぞ」

「はい。呪いかどうかは不明ですが、どの蒐集家もこの絵を長く持っていられなかったのは事実です。ラブレスの画廊から盗まれた後、この絵はしばらく誰の所有物にもなりませんでした。恐らく買い手がつかなかったのでしょう。最終的にドミニクの熱狂的な愛好家である蒐集家の屋敷に密かに運び込まれ、屋敷の奥深くの隠し部屋に飾られることになります。この蒐集家は自分は絵の盗難には関与していないと、あくまで買っただけだと主張しましたが、とにかく誰にも知らせず、一人でこっそりこの絵を眺《なが》めては至福の時を味わっていました。ところが、まもなく彼の屋敷から火が出ます。火は瞬《また》く間に燃え広がり、慌《あわ》ててこの絵を避難させようと持ち出したところを警察に発見され、本人は盗品売買の容疑で即刻逮捕、この絵は数年ぶりにラブレスの画廊に戻されました。最後までこの絵を守ったラブレスが亡くなると、別の蒐集家がラブレスの遺族からほとんど無理やり、しかし一応は法に則《のっと》った手段を使ってこの絵を手に入れますが、その蒐集家はまもなく事業に失敗し、莫大《ばくだい》な負債を返すために泣く泣く絵を手放さざるを得なくなりました。その後三人の蒐集家がこの絵を入手しましたが、一年と経たずに亡くなっています。もっとも彼らは全員、購入した時点で八十歳過ぎの年齢でしたから、不慮の死とは言えないでしょうが、七一〇年、最後の所有者だった蒐集家が亡くなると、遺族は絵の所有権を放棄《ほうき》し、美術館に寄贈しました。偶然にせよ、ドミニクが死んで二十年足らずの間に、この絵を手に入れた人間のうち二人が破滅を迎え、三人が亡くなったことになります。しかも一年以上この絵を持っていられた人間は一人もいないのです。これだけ重なれば呪いではないかと囁《ささや》かれるのももっともですが、この絵が美術館に展示されている限りは大丈夫。過去の例を見ても一度も呪いは発生していません。おかげでわたしたちも自由に天使を鑑賞することができるわけです」

笑い声が起こった。

ガイドと団体客が出て行った後もリィはその絵を見上げて、不思議そうに首を捻《ひね》っていた。

「おっかしいな……？」

「何がだい？」

思いがけず独り言に返事が返ってきた。

絵を模写していた二十代半ばの男が筆を止めて、まじまじとリィとシェラを見つめている。

驚きと軽い興奮と賞賛と、何より興味を引かれてやまない、またとない被写体に向ける視線だった。

ひょろりと背が高く、髪はぼさぼさで、身なりにかまわないところはいかにも画学生らしい。

「生身の天使が二人もいる。人物画を専攻してたら間違いなくモデルを頼んでいるところだ」

大真面目に感想を述べる口調がおかしかった。

リィは微笑して、男の模写を覗《のぞ》き込んでみた。

実物よりだいぶ縮小した寸法だが、なかなかよく描けている。ただし画面右上は空白のままだ。

「天使は描かないの？」

「これからだよ。明日から内装工事が始まるから、続きはしばらくおあずけだ」

「絵の展示も中止になるんだ？」

「ああ。工事と言っても三日だけだからね。その間、この部屋は残念ながら封鎖だ。今年はドミニク没後三百年記念展が開かれるから、その前に目玉のこの部屋は新しくしておきたいんだろう」

「ちょっと訊《き》きたいんだけど……」

巨大な絵を見上げてリィは本気で尋ねた。

「これって本当に三百四十年前に描かれた絵？」

男は眼を丸くしてリィを見た。

「違うって言うんなら逆にいつ描かれた絵なんだ？　履歴《りれき》を調べてみればすぐにわかる。約二百八十年、この絵がどこにあったか、ちゃんと記録が残ってる。たいていは美術館だから展示中の写真もある」

「そうだよな……」

訝《いぶか》しむリィの翠緑玉《エメラルド》の瞳、純金も色あせるほど眩《まぶ》しく輝く金髪を見て、男は楽しげに笑った。

「きっと、きみみたいな子がこの絵を持っていれば、ドミニクの呪いも発生しなかったんだろうな」

「何のこと？」

不思議がるリィに、男は絵の手前にある説明板を指し示した。

「そこに全文が載ってるよ。この絵と必ずセットになってる有名な手紙だから読んでみるといい。ドミニク研究家にとっては未だに解けない謎でもある」

男は画架をたたみ、描きかけの絵を抱えて部屋を出て行った。

親切な画学生を見送った後、二人はその説明板を覗き込んでみた。

ドミニクの生い立ちや履歴と並んで、ドミニクが書いたという遺書が紹介されていた。

三百年前に死んだ画家が残した遺書の書き出しは、『まだ見ぬ黄金と翠緑玉の君《きみ》へ』とある。

ますます驚いたリィだった。


【まだ見ぬ黄金と翠緑玉の君へ。

余は『暁の天使』を君に贈る。

君以外の何人《なんぴと》もこの絵を所有することはならぬ。

なぜなら、君を語る時、彼の人《かのひと》の海の瞳は輝き、君を想う時、彼の人の薔薇《ばら》の頰《ほお》は匂やかに息づいた。

故に、余はこの絵を君に贈る。

たとえ何十年、何百年が過ぎようとも、君以外の者の手にこの絵を委《ゆだ》ねることは断じてならぬ。

君よ。まだ見ぬ黄金と翠緑玉の佳人《かじん》よ。彼の人は紛れもなく芳《かぐわ》しい夜の闇《やみ》に属するものであった。

彼の人が佇《たたず》みて呼べば、月は応えて輝きを増し、星々は嬉《うれ》しげにざわめいた。

故に、余は当初、この絵を『黄昏《たそがれ》の天使』と命名する所存であった。彼の人こそはまさしく『夜』を象徴《しょうちょう》するものであったからだ。

しかし、君への敬意と賛美の証《あかし》に『暁の～』と、あらためるものである。

なぜならば、彼の人が何より待ち侘《わ》びていたもの、そして焦《こ》がれていたものこそは君であった。

すなわち『太陽』であった。

故に、余はこの絵を君に捧《ささ》ぐ】

謎どころの騒ぎではない。

少なくともリィにとっては明白すぎるほど意味の明白な文章だった。

シェラも同様の感想を抱いたらしい。

眼を疑う顔つきで文面を追っていたが、恐る恐るリィを見て尋ねてきた。

「……あなたのことですよね？」

「だよな？」

何百年も前に死んだ人が自分のことを書いている。

何だか不思議な気分だったが、この絵に描かれているのがあの黒い天使なら、この『黄金と翠緑玉の君』とは自分を指したものに決まっている。

そんなことは読めば一度でわかる。

リィはあらためて絵を眺めてみた。

画家本人が自分に贈ると書き残しているのだから、これは立派な自分の所有物ということになる。

縦二メートル半、横二メートルはある巨大な絵を見上げて、誰が見ても天使と言うに違いない少年は大真面目に呟いた。

「このまま外して持って帰ったらだめかな？」

2

ヴァレンタイン卿は珍しく空き時間ができたので、ほっと一息吐いていたところだった。

州知事という仕事は決して楽なものではない。人と会食することもお茶を飲む機会も多々あるが、それはあくまで仕事だから、自分のためにゆっくりお茶を楽しむ時間はなかなかとれない。

そんな時に、連邦大学に留学中の長男から連絡があったので、卿は大喜びで通信に出た。

「やあ、アーサー」

「父親を呼び捨てにするな。――セントラルで何をしてるんだ？」

発信先を見れば相手が学校のある星《ティラ・ボーン》ではなく、惑星セントラルにいることはすぐにわかる。

「美術鑑賞。シェラも一緒だ」

「そんな授業を取ってたのか？」

「いや、今日は学校は休みだよ」

「まさかおまえたちだけで恒星間旅行に出たんじゃないだろうな。どこに泊まってる？」

「学校が用意したホテル。心配するなよ。ちゃんと上級生と一緒に来てるから。これは授業じゃないし、単位にも関係ないけど、学校側が推奨してる一種の休養《レクリエーション》なんだ」

納得した卿だった。連邦大学は生徒たちに休日の有意義な過ごし方をいろいろと提示しているのだ。

ボランティアしかり、美術や音楽鑑賞もしかり。

無論、強制ではない。

しかしまあ、似合わない余暇の過ごし方である。

「何か見たい作品《もの》でもあったのか？」

「そういうわけでもないんだけど……」

珍しく煮え切らない口調で言った長男はこれまた珍しく殊勝な態度で若い父親に訴えた。

「実はさ、ちょっと気に入った絵を見つけたんだよ。あれが欲しいんだけど……買ってくれないかな?」

今度こそ驚いて耳を疑った卿だった。

昔からこの長男は何かをねだったり欲しがったりするということがなかった。

下の息子のチェイニーと比べるとその差は歴然で、甘やかすつもりは毛頭ないが、もう少しわがままを言ってもらいたいと密かに思っていた父親は思わず身を乗り出したのである。

「おまえに美術を愛する心が芽生えたとは恐ろしく意外だが、そういうことなら協力しないでもないぞ。どんな絵なんだ?」

「大きな絵だよ。暁の天使って題がついてる」

ヴァレンタイン卿は絶句した。

何とも言えない表情で通信画面の長男を見つめ、疑わしげに問いかけた。

「……まさかとは思うが、それはドミニクの『暁の天使』のことか?」

「ああ、確か作者はドミニクって名前だった」

「つまり、ヴェリタスのエレメンタル近代美術館に収蔵されているあの絵のことなのか?」

「だと思う。今いるのがヴェリタス市だから」

少しも悪びれずに言い放つ長男に深々と嘆息《たんそく》して、卿は厄介《やっかい》な事態を解決すべく気力を奮《ふる》い起こした。

「エドワード……」

「その名前はよせって言ってるのに」

「いいか。あの絵は買えない。ぼくだけじゃない。あれは個人が独占できるようなものじゃないんだ。人類の文化遺産なんだぞ」

「その前に、あれはおれの絵なんだ」

「何だって?」

「今は美術館の持ちものになってるみたいだけど、やっぱりおれが持ってるべきだと思うんだよ」

「エドワード。いったい何を言ってる?」

「問題はそれを誰も信じてくれないってことなんだ。おれみたいな子どもが絵を渡してくれって言っても美術館は聞いてくれないだろうし、ここは正攻法で行くのが一番てっとり早いんじゃないかと思ってさ。——あれ、買ってくれないかな」

ヴァレンタイン卿は自他ともに認める常識人だ。その常識人に長男のこの言葉の意味を理解しろと要求するのはあまりにも酷だった。

開いた口が塞《ふさ》がらなかったが、息子の考え違いを正すのは父親の役目である。

卿に限らず、まともな高等教育を受けた人間なら、後世に残る美術品というものは公共の財産であり、個人が独占してはならないという考えを自然と身につけているものだ。懇々《こんこん》と言い諭《さと》した。

「エドワード。あの絵は確かにすばらしい作品だ。おまえが気に入ったのはよくわかる。欲しいと思う気持ちを感じたのもよくわかるが、あれは買えない。ぼくにはそんな財力はないし、仮にあったとしても買う気はない。優れた美術品はすべての人が自由に鑑賞できる状態にあるべきなんだ。個人が占有していいものではないし、第一そんなことは許されない。もちろん、作品をどう鑑賞するかは見る人の自由だ。だから、おまえがあの絵を欲しいと思うのも、買うつもりで見るのもそれは全然かまわない。おまえの好きにしていい。ただ、現実と非現実の区別だけはつける必要があるんだぞ。おまえがあの絵を持って帰ってしまったら、おまえのようにあの絵が好きな他の人たちはどうなる？　もうあの絵を見られなくなってしまうだろう。それでは不公平だ。美術館はそんな不公平を解消するため、一人でも多くの人に作品を楽しんでもらうためにあるんだ。そのための場所なんだよ。見たくなったらまた美術館に行って、おまえの心の中だけで、これは自分の絵だと思って楽しめばいい。誰もそれを咎《とが》めたりはしない」

卿の言葉は優しく、思いやりと説得力があったが、長男は真顔で訴えたのである。

「あれは本当におれの絵なのに？」

ヴァレンタイン卿は絶望的な表情で唸《うな》った。

「とにかく！　あの絵は買えない！　たとえぼくが連邦主席でもクーア財閥総帥だったとしてもだ！」

ほとんど悲鳴を上げて卿は通信を切った。

父親の態度を見て、リィは深く考え込んだ。

ヴァレンタイン卿はかなりの資産家だから、絵の一枚くらい余裕で購入できるだろうと思ったのだが、ことはそう簡単ではないらしい。

連邦主席でもクーア財閥総帥でも買えないと卿は断言した。現在のクーア財閥は役員会によって運営されていて総帥は存在しないが、その人物はかつて共和宇宙経済の頂点に君臨していたと言っていい。

そしてもう一人は言うまでもなく共和宇宙連邦を政治的に統括《とうかつ》する立場の人間である。

その二人でもあの絵は買えないという卿の言葉を疑うわけではないが、実名を引合いに出された以上、本人に確認してみなくてはなるまい。

幸い一人はこの星《セントラル》にいる。

しかし、中学生が約束もなしに主席官邸を訪ねて主席に会わせろと言っても門前払いされるだけだ。

強引に押し入る手もあるが、なるべくなら騒動は避けたい。

そこでリィは相手の予定を調べてみた。

すると、官邸へ突入するという無茶をしなくても、もっと平和的に目的を達成できそうだった。

共和宇宙連邦主席マヌエル・シルベスタン三世は苦々しい眼で連邦大学惑星を見つめていた。

正直な話、この星にだけは来たくなかった。

歴代の連邦主席は任期中に一度は出身大学を訪れ、学生たちに講演する慣《な》らいになっている。

三世は連邦大学《このほし》のメートランド校の出身なので、今回の訪問となったのだ。

去年までのマヌエル三世だったら母校での講演を喜んで引き受けて意気揚々と乗り込んだだろうが、今となってはここは鬼門だ。

この予定は何とか変更できないのかと大真面目に補佐官に相談を持ちかけたが、筆頭補佐官も非常に苦しい顔をしながらも、メートランドの学長も総合学長も主席を歓迎する意を伝えてこられましたと、学生たちも主席の来校を待ちこがれているのですと、つまりは避けられない公務でありますと明言した。

落ち着け——と三世は自分に言い聞かせた。

メートランド校はログ・セール大陸東部にある。最大の鬼門であるサンデナン大陸には上陸しない、間違っても近寄らない、だから案ずることはないと呪文のように唱えながら地上に降り立った。

連邦主席のお出ましとあって、宇宙港はかなりの人で賑《にぎ》わっていた。

物見高い一般人はもちろんのこと、メートランド学長のジェイコブ・ロバートソンも総合学長であるアントン・クラッツェンも直々《じきじき》に宇宙港に足を運び、三世を出迎えたのである。

連邦大学は連邦に属しているが、いかなる干渉も受けつけない独立した組織として運営されている。

従って二人の出迎えは自分たちの上司に恐縮したものではなく、あくまでも連邦という巨大な組織を担う人物に対する、純然たる敬意と礼節とを示したものだった。

マヌエル三世もその時には完璧《かんぺき》に『主席』の顔になっていた。宇宙船の中で青くなっていた様子など微塵《みじん》も感じさせない。笑顔で二人と握手を交わし、一般人に手を挙げて応えることも忘れなかった。

母校に向かった三世は学生たちの熱狂的な歓迎を受けた。メートランドには伝統的に政治家の子女が大勢通っている。彼らにとって三世は母校の先輩で、英雄であると同時に、身近で偉大な目標でもあった。

三世の講演は学生との質疑応答を中心とする形で行われた。あらかじめ質問の内容を決めたりはしていないから予想外の質問がいくつも飛び出したが、三世は学生の突拍子もない質問にも臨機応変に答え、感心した大学の教師陣から『当校で政治学の講義を担当していただきたいものです』という、あながちお世辞でもない賛美を贈られた。

講演の後は大学のお歴々との懇談会《こんだんかい》と晩餐会《ばんさんかい》だ。

三世はその席で、教育こそは人類の発展と進歩を支える根幹となる力であり、そのために連邦大学が果たしている役割は非常に大きいと熱弁を振るって、大学関係者を大いに感激させたのである。

すべての予定を終えてホテルに引き上げた時には既に深夜に近かった。

最上階のスイートルームは浴室と寝室が二つずつ、会議室に居間まであって、迷ってしまいそうなほど広く、豪奢《ごうしゃ》なつくりである。

一日のほとんどを建物の中にいた三世は無造作にバルコニーに出て星空と夜風を楽しんだ。

治安に問題のある国を訪れると、決して窓の傍に立たないように指示されることもあるが、ここではそんな心配はいらない。

連邦大学の治安の良さには定評がある。

教師陣の質の高さや就学環境の充実と同じように、連邦大学が大いに誇りとしている部分である。

それでも念のために最上階はすべて借り切って、隣室にも屋上にも護衛が立っている。

唯一の気懸かりも大陸の遥《はる》か彼方だ。

ここには自分を脅かすものは何もないと確信して、室内に戻ってカーテンを閉めた三世は笑み崩れた。

講演がうまくいったことより、懇談会の成功より、明日にはこの星を離れられるという安堵感《あんどかん》のほうが遥かに強かったのである。

大理石の浴室で鼻歌交じりに汗を流し、肌触りのいいバスローブを纏《まと》い、一杯引っかけようと居間に戻ったところで三世は凍りついた。

どう見ても中学生くらいの少年が長椅子に座って悠然《ゆうぜん》とくつろいでいたからだ。

「やあ」

花のように美しい顔がにっこり笑いかけてきたが、三世の心は絶望感一色に染まっていた。

まさにこんなことになるのを恐れていたのだが、相方の黒い天使でないだけまだましかもしれない。

現実逃避しようとする心をそんなふうに無理やりなだめて、努めて平静な声で問い返した。

「……どうやって入ってきました？」

「そこの窓から」

バルコニーを示して少年は答えたが、それは普通、不可能と言う。

ここは七階で、建物の周囲も屋上も護衛が厳重に見張っているはずだ。

彼らに見咎められずに入れるはずがない。

三世が表情だけでさらに詳しい説明を求めると、金髪の少年は笑って言った。

「警備の人たちを叱《しか》るなよ。このくらいの建物ならおれは余裕で入れるんだ。——ちょっといいか？」

「わたしに何かお話しでも？」

「実は頼みがあってきたんだ」

三世の顔色が変わった。

彼も曲がりなりにも連邦という巨大組織の頂点に立つ人間である。利害が絡む話し合いの席で高度な駆け引きを駆使することなど日常茶飯事《さはんじ》だったし、相手の要求をさりげなく退《しりぞ》けることも得意だったが、この少年の頼みならどんな内容でも否とは言えない。

たとえ連合艦隊を出動させろという要望だろうと、新発見の惑星を個人名義にしろという要求だろうと、連邦主席という肩書きを最大限に活用して関係者を納得させなくてはならないのだ。

少年と向き合って長椅子に座った時には、三世なりに腹をくくっていた。緊張に身構えながら可能な限りの便宜《べんぎ》を図《はか》る覚悟を決めて「どうぞ」と促《うなが》すと、少年は笑って肩をすくめた。

「そんなに怖い顔しなくてもたいしたことじゃない。セントラルのヴェリタス市にエレメンタルっていう美術館があるだろう」

「ええ。よく知っていますが、それが何か？」

「そこの『暁の天使』って絵が欲しいんだ」

「……は？」

「壁から剝《は》がして持って帰るにはちょっと大きいし、譲ってくれって頼んでも聞いてくれそうにないから、何とかしてもらおうと思ってさ。あんなにたくさんあるんだから、連邦主席が頼めば絵の一枚くらい、美術館も快《こころよ》く譲ってくれるんじゃないか？」

言葉が右の耳から左の耳へ素通りして頭の中にはとどまってくれない。そんな感じだった。

美術は専門外の三世だが、エレメンタル美術館が収蔵品の量はもとより圧倒的な質の高さを誇ることくらいは知っている。普通の美術館ならそれ一つで目玉になる作品がごろごろしているという意味だが、『暁の天使』は知名度で言うなら間違いなく上から数えたほうが早い『超目玉』の作品だということも当然の常識として知っている。

この少年は今それをどうしてくれと言った？

「あれが……欲しいと？」

「ああ」

「あなた個人の所用にしたいという意味ですか？」

「もちろん」

「わたしに頼みとおっしゃるのは……その件で？」

「別に難しいことじゃないと思ったからな」

少年の顔には微笑がある。

冗談を言っているようには見えない。

本人は至って真面目に、『ささやかなお願い』をしているつもりらしい。

どうしてこんな目に遭《あ》わなければならないのかと、我が身の不運を心の底から嘆《なげ》いた三世だった。

他の誰かが同じことを言ってきたら一笑に付して即座に部屋からつまみ出してやるのに、この少年にそれをやったらとんでもないことになる。

連邦主席という要職にありながら情けない話だが、この少年を怒らせるわけにはいかないのだ。それはいやというほどわかっている三世だったが、しかし、こればかりはすんなり頷《うなず》くわけにはいかなかった。

風呂から上がったばかりなのに、気づけば三世は額《ひたい》にも背中にもびっしょり汗を掻《か》いていた。

対照的に少年は平然としている。

緑の眼を期待に輝かせて三世を窺《うかが》っている。

神というものがもしいるなら今こそ自分に慈悲《じひ》を垂れてほしいと切実に願いながら三世は言った。

「わたしは以前、あなたからの要請があればどんな便宜でも計らうと約束しました。その約束を反故《ほご》にするつもりはありません。わたしにできることなら喜んでお役に立ちましょう。しかしながら……」

相手の顔色を慎重に窺いながら、充分に注意して言葉を選び、語句の一つ一つ、さらには態度にまで最大級の敬意を払うことを忘れない。

バスローブ姿ではそんな気配りも様《さま》にならないが、一国の元首にもこれほど気を使ったことはない。

「エレメンタル美術館は、優れた文化遺産を後世に残す目的のために創設されました。創設時に連邦が資金を拠出《こしゅつ》したのは確かですが、現在では違います。連邦大学もそうですが、完全に独立した組織として運営されているのです。連邦は彼らに対して、何ら強制力を持ちません。連邦大学の管理運営が優秀な教育者と理事会によってなされているように、エレメンタルも教授に相当する多数の研究管理職《キュレーター》と理事会によって管理運営されています。理事会は作品の展示、修復、時には購入にも責任を負っていますが、その彼らも美術館の主ではなく、あくまでも単なる管理者に過ぎないのです。エレメンタルの収蔵品は連邦のものではありませんし、美術館のものでもなく、理事会のものでもありません。誰のものかと言えば、他でもない連邦人民のものなのです。人類のものと言ってもいい。誰でも自由に芸術に触れ、鑑賞することができる。エレメンタルはそのために存在する美術館なのです。あそこに収められた作品は連邦人民のものですから、言い換えればあなたのものでもあると言えるのです。既にあなたのものである以上、あらためてあの絵を欲しいと言われる必要はないと思いますが、いかがですか?」

「政治家の悪い癖《くせ》だ。無駄な美辞麗句が多すぎる。もっとはっきり言ってもらいたいな。あの絵を手に入れることができるのか？　できないのか？」

あらん限りの神の名を心の中で必死に唱えながら、三世は悲痛な声を絞り出したのである。

「……できません」

「どうしても？」

「はい」

「連邦主席っていうのはえらい人だと思ってたけど、そうでもないのかな？」

その時の三世の心境というものは一口にはとても言い表せないものがあった。少年は微笑を浮かべて座っているだけなのに、見た眼は申し分なく美しい天使のような姿なのに、いつ牙を剝《む》くかわからない猛獣と相対しているようで（実はその感想は決して間違っていないのだが）身体が勝手に震え始める。

三世は歯を食いしばり、かろうじて逃げ出さずに踏みとどまっていた。

「わたしにできることならと最初に申し上げました。その言葉に嘘偽《うそ》りはありません。あなたの頼みならどんなことでも致しましょう。しかし、これだけは無理です。その権限はわたしにはありません」

よく輝く緑の眼がじっと三世を窺っている。

生きた心地がしなかった。

果てしなく長い時間が過ぎたように感じられたが、実際には少年はすぐに笑って立ちあがった。

「わかった。邪魔して悪かったな」

その姿がカーテンの向こうへ消えるのを見た途端、三世はぐったりと長椅子に倒れ込んでいた。

共和連邦主席という役職は言うまでもなく大変な激務で、常人には計り知れない重責を伴うものだが、それとは疲労の種類が桁《けた》違いだ。

三世はいわゆる名門の出身で、三世の父も祖父も連邦主席を経験している。

子どもの頃から祖父や父の姿を見て育った三世は二人と同じ職に就いた時、安堵すると同時に大いに誇らしく感じたものだ。

しかし、今となっては九九一年現在の連邦主席がなぜよりによって自分でなければならなかったのか、なぜ他の誰かではいけなかったのか、運命の女神に問い質したい気分でいっぱいだった。


窓から出たリィはバルコニーの手すりを超えると、下の階のバルコニーにひらりと飛び降りた。

同じことを繰り返して、たちまち地上に降りると、近くに停めておいた小型車に乗り込んだ。

もちろん立派な無免許運転である。

学校のあるサンデナン南岸はここから何千キロも離れている。さすがにバスでは来られなかったのだ。

リィが向かったのは連絡便《シャトル》の発着場だった。

深夜に子どもを一人で乗せてくれる便などないが、個人所有の高速艇なら話は別だ。

離陸から着陸まで自動で動くとはいえ、搭乗者が十三歳の子ども一人だけなのはこれまた立派な法律違反だが、中学生が夜中に単独で大陸を移動しようというからには多少の掟《おきて》破りは致し方ない。

自動操縦で飛ぶ高速艇はいったん大気圏外に出て、夜明け前にはサンデナン南岸に着陸した。

リィはバスを使って学校に戻り、朝からちゃんと授業に出席したのである。

一夜のうちに一万キロ以上の距離を移動したとはとても見えなかった。

生徒たちの中で唯一、前夜のリィの行動を知っていたシェラが笑顔で尋ねてくる。

「いかがでした？」

「だめだった。どうしてもできないってさ」

「おやおや、それでは約束が違うでしょうに。あの人は以前、あなたのためならどんなことでもすると誓《ちか》ったはずですよ」

「そうなんだよな。だけど、あれ以上いじめるのも何だか気の毒でさ」

三世の表情から推察するに、自分はとんでもない無茶を言ったらしい。

　それはわかるのだが、絵の一枚を手に入れるのがどうしてそんなに難しいのか、依然として謎だった。

　そこでもう一人に連絡を取ることにした。といっても、どこにいるかわからない相手なので、公共の通信欄に伝言を残した。

　書き込んだのは、

『女王の亭主の海賊へ。連絡求む、金色狼《おおかみ》』

　これだけである。

　毎日何十億人という人間が見る場所だ。もっと条件を絞らなくては、相手がこれを読んで返事をくれる確率は極めて低い。

　無茶というより無謀だが、大したもので、夜にはさっそくリィの自室に連絡が入った。

「おう、どうした？」

　映像も音声も鮮明で、すぐ近所から発信しているような気安さだが、間違いなく恒星間通信である。舎監に見咎められることなく、平日の寮の自室にそんなものを簡単につないでしまう相手に感心して、リィは同じく要点のみを答えた。

「この間、セントラルの美術館に行ったんだ」

　持ち船の操縦席で、ケリーはおもしろそうな顔になった。

「エレメンタルか？　あの絵を見たんだな」

「ああ。だから買ってほしいってアーサーに頼んでみたんだけど、無理だって」

「当たり前だろう。ヴァレンタイン卿には悪いが、現役総帥時代の俺でも買えなかったんだぜ」

　やはり父親《アーサー》の言葉は正しかったのかと思いつつも、リィは疑わしげに問いかけた。

「その頃のケリーはお金持ちだったんだよな？」

「もちろんだ。この船の推進機関を賭《か》けてもいいが、連邦でも一番の金持ちだったろうよ」

　通信画面の向こうで『何ですって？』と抗議する声が聞こえた。ダイアナが『勝手にわたしの身体を賭けないでちょうだい』と言っているらしい。

それは無視してリィはさらに訊《き》いた。

「それなのにどうして買えなかったんだ？」

「あれが美術館の収蔵品だったからさ」

「つまり連邦人民のものだから？」

「そのとおりだ」

頷いたケリーだった。

「俺が初めてあの絵を見たのはエレメンタルの開館式典だ。まずいことに、この美術館の目玉ですって大々的に世間に発表した直後だったのさ。美術館の展示品は基本的に売りものじゃない。特にあそこの場合はな、当館の収蔵品はすべて連邦人民に属する財産である、そういうお題目《だいもく》になってる。もちろんそんなお題目は無視して、クーアの名前を最大限に振りかざして連邦とエレメンタルに圧力を掛ければ、最終的には展示室の壁からもぎ取れたかもしれんが、問題は、そんな派手なことをやっちまったんじゃあ、どうしたって俺があの絵を買ったことが世間に筒抜けになっちまう。それじゃあ何の意味もない。俺もクーアもあの絵と心中する羽目になっただろうよ」

顔中に疑問を浮かべてリィは訊いた。

「心中？　絵の一枚と？」

「そうさ。そんなことをしたらクーアの評判はがた落ちになっただろうぜ」

「なんで？」

さっぱりわからない様子の少年に男は苦笑した。

「その辺は女房のほうが詳しいかもな。俺は何しろ世間一般で言うまともな教育ってやつを受けてない。今のおまえと同じように、絵の一枚になんでそんな遠慮をしなきゃならんのかと思ったもんだ」

「待った。それってつまり、ジャスミンもあの絵は買えないと考えるってことか？」

恐ろしく意外だった。

「あれを欲しいと思うかは好みもあるからひとまず横に置くとして、ジャスミンなら、こうと決めたら邪魔者は残らず蹴散《けち》らして摑《つか》み取るんじゃないか」

通信画面の向こうで男は大笑いしている。

「そいつは否定しないが、女房はマックスの娘だ。大企業の主としての帝王学を身につけた人間なのさ。つないでやるから自分で訊いてみろ」

通信画面が切り替わり、音声だけが流れてくる。

「やあ、リィ。元気か？」

「元気だよ。今どこだ？」

「クインビーの操縦席だ。《パラス・アテナ》から五万キロ宙点にいる。ちょうど海賊退治が終わって、そろそろ中央が懐かしくなってきたところだ」

声だけでも相変わらず勇ましい女王陛下である。

リィは微笑して、要点を尋ねた。

「ドミニクの『暁の天使』って絵を知ってる？」

「もちろんだ。有名な美術品だからな」

「じゃあ訊くけど、ジャスミンが現役のクーア財閥総帥だったら、あの絵を買えたかな？」

「あれを買う⁉」

声がひっくり返った。

そこには明らかに非難の響きがあったが、リィは何食わぬ顔で言ってみた。

「そうだよ。そんなに変なことか？　ジャスミンのお父さんは惑星を一つ自分のものにしてたんだろう。だったら絵の一枚くらい簡単なんじゃないか」

「それはとんでもない思い違いだ」

きっぱりと言い返してくる。

「あの絵はドミニクの代表作だぞ。個人の所有など認められるはずがない。そもそも購入を考えること自体、一種の犯罪だ」

「……そこまで話が大げさになるのか？」

「なるとも。なぜといってわたしからも尋ねたいが、たとえばきみは人身売買を容認できるか？」

意外な言葉にリィは驚いた。

「ちょっと待った。どうしてそんな話になるんだ？　相手は人間じゃない。ただの絵だぞ」

「確かに。人間と絵を比較するのは不謹慎《ふきんしん》な話だが、極論を言えばそういうことだ。文化遺産は人間とはまた別の意味で『侵害されざる権利』を有している。

共和宇宙連邦憲章は連邦加盟国すべての人民に対し、生命の安全と身体《しんたい》の自由を保証しているが、それと同じく文化遺産も保護されるべきものなんだ」

眼を白黒させたリィだった。

リィにとって絵というものは紙や布の上に（時々板だったり壁だったりするが）線や色彩でかたちを描き現した物体に過ぎない。

他の人にとっても同じだろうと思っていたのだが、ジャスミンの意見は明らかに異なっている。

「そもそもどうしてあれを買うなんて話になる？」

詰問同然の厳しい口調に、さすがにリィも返答に窮《きゅう》していると、ケリーが笑いながら割り込んだ。

「替われよ。女王。後でちゃんと話してやる」

リィは途方に暮れた顔つきで、再び画面に映った男に話しかけたのである。

「たいていの人はああいう意見なのかな？」

「まあな。女房の名誉のために断っておくが、絵と人間とどっちを優先するかっていう場面になったら、女房は人間を取るぜ。ただ、中には優れた美術品を保護するためなら人間の一人や二人犠牲にするのもやむなしと考える奴もいる。その理由として連中が高々と掲げるのは、一般人ならいくらでも代わりはいるが、優れた美術品は失われてしまったら二度と戻らないっていう理屈だ」

「ばかばかしい」

「同感だ」

ケリーは肩をすくめて苦笑している。

「まあ、今のは極端な例だがな、美術品は保護するものだっていう考え方が一般的なのは間違いない」

「そこがわからない。個人で絵を買うことが即座に保護義務に違反するのか？」

「そいつは一概《いちがい》には言い切れない。たとえば、ある家に知る人ぞ知る美術品が受け継がれているとする。ただし、今ではその家はすっかり凋落《ちょうらく》して適切な管理もできない状態だとする。そんな時に、もっと裕福な蒐集家《しゅうしゅうか》がその作品を買い取って、美術館に貸し出しでもしたら、美徳だと言われるだろうな」

「貸さないといけないのか?」

「今ではそのはずだぜ。ちょっと待て。ダイアンがおまえと話したがってる」

「こんにちは。リィ。今の疑問だけど、公開義務のある作品ならそのほうが得策なのよ」

にっこり微笑《ほほえ》む青い眼の金髪美人は何度見ても、ただの映像とは思えないほど魅力的である。

「文化遺産に指定されると、その作品には芸術性や希少性《きしょうせい》に応じて公開義務が生じるの。この作品は年間三日、この作品なら年に十日は公開しなければならないって細かく決まってるのよ。問題はそれをどこでやるかだわ。自宅で公開する手間を考えたら美術館に預けたほうが手っ取り早いでしょ?」

「だったら、貧乏な家も美術館に貸せばいいのに」

「それじゃあ金にはならん」

ケリーが言った。

「この話の要点《ポイント》はな、作品を高値で購入することで傾いた家の窮地を救ってやり、なおかつその作品を個人で独占しようとはしなかった、その点にある。一昔前の蒐集家の中には『買ったものは自分のもの、人に見せてやる義務はない。大勢の眼にさらしたらせっかくの美術品に目垢《めあか》がつく』なんていう理由で、美術館がどんなに頼んでも、断固として貸し出しに応じないのがいたらしいからな」

「……はあ?」

リィは完全に困惑顔だった。

再び話し手がダイアナに替わる。

「人間の視線が注ぐ対象物に『目垢』がつくなんて、物理的にありえない話だわ。要は一種の独占欲よ。そういう蒐集家の傲慢《ごうまん》を正すための公開義務なのよ。今でも誰にも見せたくない一心で、共和宇宙憲章の及ばない連邦未加盟国に収集品を隠す蒐集家もいるみたいだけど、そういう態度は誉められたことじゃないのも確かよ」

「女房と結婚するまで俺も知らなかったことだがな。

金と力があるからって何でもできるわけじゃない。むしろ世間は大企業に対して人一倍、見方が厳しい。常に名聞《めいぶん》ってやつを気にかけて動かなきゃならん。俺が強引にあの絵を手に入れたら、世間は囂々《ごうごう》たる非難を浴びせてきただろうぜ。金にあかせて貴重な文化遺産を独占するなんてあまりに品性が貧しいと、ただちに美術館に返還しろと、共和宇宙全域で抗議運動が起こるのは眼に見えてた。女房が言うようにそっちの言い分のほうが圧倒的に正しいらしいんで、俺には反論の術《すべ》がない。そんな世論を抜きにしても、あの絵の場合、文化財独占禁止法に抵触する恐れもあった。何しろ『後世に残る文化遺産』だからな。さすがに諦《あきら》めるしかなかったのさ」

リィはとことん深いため息を吐いた。

「絵を買うのって……そこまで難しいのか?」

「間違えるなよ。ただの絵なら金を出せば買えるぜ。ただし、文化遺産は買えない」

「その違いは?」

「そうさなあ。正直言って俺にもよくわからないが、『有名な巨匠』の『傑作』で『数百年前の作』だと、比較的文化遺産になりやすいみたいだな」

専門家が訊いたら頭を抱えそうな説明だったが、リィは大いに納得して頷いたのである。

「あの絵はそれに全部該当してるんだな?」

「そうさ。とどめが『美術館の収蔵品』だ。いっそ個人の持ちものなら、それこそ金にものを言わせて買い取ることもできたんだが——あの絵が美術館に寄贈されたのはいつだ?」

ダイアナが答えた。

「七一〇年。二百八十年前ね」

「それ以来、美術館にあるわけだな?」

「そうよ。最後の所有者は惑星ブラッセルの資産家だったから、ブラッセルのロンソルム美術館に寄贈されたわ。以来ずっとそこに収蔵されていたけれど、エレメンタルの開館と同時にそっちに移ったのよ」

「な? 残念ながら俺たちが生まれるのがちょっと

遅すぎたのさ。金で片がつくことならそりゃあ俺も欲しかったぜ。いくら高価な絵でも、相場に直せば系列企業を一つ買収するより遥かに安い額で済んだはずだからな。問題は金じゃない。金では買えない値打ちにあるんだ」

リィは苛立たしげに頭を振って唸った。

「——ただの絵なら買えるけど文化遺産は買えない。あの絵は文化遺産で、美術館に展示されている限り、所有権は動かせない。そういうことか？」

「そういうことだ」

「納得できないなあ！　あれはおれの絵なのに」

珍しく——本当に珍しく、普通の子どものように駄々をこねる様子が微笑ましかった。

悪戯《いたずら》っぽく言ってみた。

「残念だが、どうしてもあれが欲しいって言うなら非常手段に訴えるしかないぜ。——複製をつくって、こっそり入れ替えるとかかな」

もちろん冗談のつもりだったが、少年がきらりと眼を輝かせたので慌《あわ》てて牽制《けんせい》した。

「おい。馬鹿なことは考えるなよ。それをやったら立派な犯罪者だぞ。第一そこまで精巧な複製なんてそう簡単に用意できるもんじゃない」

「だよな。自分じゃ描けないし……」

「当たり前だ。ましてや相手は鑑定専門の美術館だ。滅多なものじゃ騙《だま》されてくれないぜ」

「うーん……」

真剣に唸っている。

迂闊《うかつ》に冗談も言えないとケリーは肝を冷やした。

こういう息子を持った父親は苦労するだろうなと、ヴァレンタイン卿に同情しながら、早まった真似は慎むようにともう一度念を押して通信を切った。

ほどなくしてジャスミンが外から戻ってきた。

船内時間はちょうど昼時である。ケリーも居間に場所を移し、妻と一緒に昼食を取った。

「『暁の天使』のモデルがルウだって？」

ジャスミンが食べる手を止めて眼を見張る。

「彼は三百年も生きているのか?」

「いいや、二十年だ。九七一年生まれだからな」

「それでは計算が合わないだろう。いくら非常識の塊《かたまり》のような生物とはいえ、時間の法則は無視できないはずだぞ」

「もっともな話だが、あの絵に関しては違う。俺は本人の口から直接モデルは自分だと聞いてるんだ」

「時間を超越してか? いったいどうやって」

「それはわからん」

ケリーは素直に認めて話を続けた。

「自分でも説明できないと言っていたからな。俺が聞いた印象だと、何か突発的な事故が起きて時間の流れの中にふっとばされた——そんな感じだった。やっぱり偶発的に元の時代に戻ったが、戻るまでにずいぶんあちこち——いろんな時代をって意味だが、行き来したらしい。ただし、その行き先は自分では選べなかったというんだな」

「その間にドミニクと会ったっていうのか?」

「ルウの話が正しければ、そういうことになる」

ジャスミンは真っ赤な髪を振って、顔を上げた。

「ダイアナ。『暁の天使』の画像を出せるか?」

「お安いご用よ」

居間の壁に大きくその絵が映し出される。

輝くような肌の色、どこを見ているかわからない青玉《サファイア》の瞳《ひとみ》。うっすらと開いた花の唇《くちびる》。

天才と謳《うた》われたドミニクの筆致はたいしたもので、匂うような存在感だ。普通、絵画の天使には、頭の周りに必ず光の輪が描かれているが、この人物にはそれがない。にもかかわらず、題名のせいもあって、この絵の人物は昔から『天使』と呼ばれている。

右上に描かれている天使の顔をまじまじと眺《なが》めて、ジャスミンは首を捻《ひね》った。

「似ているのは認めるが、同じ顔か?」

「写真と違って、人の主観で描かれた絵ですからね。骨格合致率は九十パーセント強だけど、本当にあの天使さん本人かという疑問には完全な否定も肯定もしかねると答えるしかないわ」

「珍しく曖昧《あいまい》だな？」

「それを言うなら人間の顔そのものが曖昧なのよ。わたしは人の顔を見る時、表情ではなく生理学的な数値で判断しているけど、絵の場合、筆致にくせがある分、正確な数値が取れないの。これでは指紋や静脈様式のように唯一無二とは言いきれない。他に合致する人が一人もいないとは断定できないのよ」

「ふむ……」

図案化された巨大な太陽と月、その二つの天体を包み込むように豊かな黒髪を広げた天使。

小学校の一般教養でも教えられる有名な作品だが、この絵が描かれたのは今から三百年以上も前の話だ。

「どう考えても普通なら矛盾《むじゅん》しているんだがな」

唸ったジャスミンにケリーも苦笑した。

「今さらあの天使に普通を期待しても無駄だろうぜ。おまけにあの手紙がある。――ダイアン、そっちも全文を出してくれ」

あらためて読み直してみてジャスミンはしみじみ首を振った。

「黄金と翠緑玉の君か……」

ケリーも感想を述べる。

「文面から判断する限り、その『君』とやらはこの絵に描かれた天使の焦《こ》がれる太陽でもあるわけだ」

「確かにこれ以上ないくらいぴったり当てはまるが、気が長いにも限度があるだろう。ドミニクが手紙を書いて、リィがそれに眼を通すまで実に三百年だぞ。――ドミニクは自分の死後、本当に宛名の人がこの手紙を読んでくれる自信があったのかな？」

内線画面のダイアナが肩をすくめた。

「何とも言えないわね。ただ、芸術的と認められた作品ならたいせつに保存されるし、何百年も先まで間違いなく残るものよ。人気作家だったドミニクが知らないはずはないわ」

「そしてリィは手紙の内容を前提にして、あの絵は自分のものだと主張しているわけか？」

ジャスミンの疑問に、今度はケリーがお手上げの仕草をする。

「まったく。類は友を呼ぶとはよく言ったもんだぜ。三百年前の絵にどうして相方が描かれているのかは、金色狼にとっても大した問題じゃないらしい」

「そこを問題にせずに何を問題にするというんだ」

「あんたの言い分が全面的に正しいのは認めるが、あいつは確信してるぜ。この絵に描かれているのは自分の相棒だってな。当然、あの手紙も充分な整合性を持つと踏んでる」

「『暁の天使』は自分の所有物だと?」

最後にジャスミンが匙《さじ》を投げた格好になった。

「しかもその根拠は三百年前に書かれた手紙だと? あまりにも無茶だ。連邦美術協会はずいぶん可愛いドミニクの熱狂的ファンが来たと判断して、笑って追い返すだろうよ」

「それはわかりきってる。こんなばかげた話を証明できるはずがない。誰に話しても、どこに訴えても認められるわけがない。問題はだ……」

「あの少年はそれがわからないような愚《おろ》かものではないということだな?」

「そのとおりだ。しかも、厄介なことに、あの絵にかなり執着してる」

ケリーは気遣わしげに呟《つぶや》いた。

「俺もうっかり非常手段をほのめかしちまったが、洒落《しゃれ》にならん。いくら何でもエレメンタルの壁から絵を引っぺがしたりはしないと思うんだが……」

「本当に? 絶対やらないと言い切れるのか?」

大型夫婦は揃《そろ》って何とも言えない顔になった。

子どもが世界的な名画を指さして、あれは自分に贈られたものだから自分のものなんだと言っても、まともに取り合う大人はまずいない。

腹を抱えて大笑いするだけだ。

その子どもが真剣に絵の奪還を考えたとしても、やはり心配する大人はいない、所詮は子どもの戯言《ざれごと》、放っておけばいい、たかが十三歳の少年ではないか

——と誰もが口を揃えて言うだろうが、残念ながら、間違ってもそんな常識が通用する相手ではない。

ジャスミンは未だに居間の壁に映っている画像を見上げると、独り言のように呟いた。

「——懐かしいな。わたしが前にこの絵を見たのは、世間の時間で言うならもう五十年も前の話だ」

「ブラッセルまで見に行ったのか？」

「ああ。美術館の名前は忘れたが、こぢんまりした可愛い美術館だったぞ」

ダイアナが言った。

「ロンソルム美術館はもう存在しないわ。九五六年、経営難を理由に閉館になったのよ。収蔵品は各地の美術館に引き取られた。中でもこの『暁の天使』は一番の目玉だったから各国の美術館が手を挙げた。有力だったのがドミニクの生地の惑星グェンダルとセントラルよ。グェンダルはこういう名画は作家の故郷にあるべきだとずいぶん食い下がったみたい」

「もっともな言い分だな」

「セントラルはその言い分に理解を示しながらも、この絵はセントラルに展示するべきだと説得したの。グェンダルはドミニクが好きで、ドミニクをもっと詳しく知ろうとする人々が訪れる場所であるべきで、その入口を広げるのがセントラルの役目だってね。ものは言いようだけど、結局セントラルの言い分が通って、この絵はエレメンタルに移ったのよ」

ジャスミンが言った。

「セントラルにそんな立派な美術館が開館したとは知らなかったな」

「あんたが眠っている間にできた美術館だからな。俺も一度行ったきりだが、とにかく広かったぜ」

再び映像に眼をやって、ジャスミンは呟いた。

「わたしは、絵は美術館で見るものだと思っている。自分のものにしたいとは思わないが、これを初めて見た時のことは今でも覚えている。写真や映像では何度も見ていたが、素晴らしいと思った。伝わってくるものが全然違うんだ。これが本物の持つ力かと感心させられたな」

「そういうもんか？」

「そうさ。おまえは何も感じなかったのか？」

「後世に残す文化遺産の中に知った顔を見る羽目になったんだ。感動してる暇なんかありゃしねえよ」

なるほどと頷いて、ジャスミンは身を乗り出した。

「――考えたんだがな、海賊」

「何だ、女王」

「たまには夫婦で美術鑑賞もいいと思わないか？」

「賛成だ」

3

次の週末、リィは再びセントラルを訪れた。

シェラも一緒である。

一週間前に来たばかりの場所になぜかと言えば、理由はずばり『下見』のためだ。

具体的に絵をすり替えられる算段があるわけではないが、考えていても始まらない。

まずは行動あるのみである。

エレメンタルは広大な敷地を持ち、玄関の前には立派な庭が設けられている。既に展示品を鑑賞した後なのか、その庭の散策を楽しむ観光客も見える。

正面玄関に近づきながらリィは言った。

「日中にここから持ち出すのは問題外だな」

「無理ですね。対象が大きすぎます。わたしたちの背格好では業者に変装するのも無理があります」

「そういう業者は搬入口を使うはずだぞ。とにかく警備態勢と出入り口を確かめよう」

「はい」

こんな物騒な話をしていても、二人ともまだまだ本気ではなかった。

実際に絵を盗み出すのは絶対に疑われることなく、確実に奪取できる算段ができてからだ。

逆を言うなら、どうしてもその算段がつかないと判明したら絵の奪還は諦《あきら》める。

それが暗黙の了解だった。

見事な金髪のリィと眩《まぶ》しい銀髪のシェラが並ぶと、いつものことだが人目を集めずにおかない。

建物の中に入ってもそれは変わらず、中には絵を見るのも忘れて振り返って見る人もいる。

そんな一人が声を掛けてきた。

「やあ、また会ったね」

先週の画学生だった。今日も模写の続きのようで、画布を抱えている。

「工事が終わってからずっと来てるの？」

「ああ、なかなか進まなくてね。おかげでまた休日返上だよ。きみたちは？」

　絵を盗めるかどうか下見に来ましたと正直に言う二人ではない。シェラがにっこり笑って説明した。

「昔の風俗に焦点《しょうてん》を絞ったコースがあるでしょう。当時の衣装や食事の様子が描かれた絵を集めていて、おもしろそうだと思ったんです」

　リィもすかさず調子を合わせた。

「だけど、まずあの天使の絵を見てからだ。あれが何だか気に入っちゃってさ」

「それならドミニクの他の絵も見てみるといいよ。グェンダルのバリエール美術館に数では負けるけど、ここにも結構いいものが揃《そろ》ってるんだ」

　天使の部屋には今日も少なくない観覧者がいたが、混雑と言うほどではない。

　部屋が混んでいたらとても模写などできないから、画学生はほっとした様子だった。

『暁の天使』は先週見た時と少しも変わらない姿でそこにあった。少なくともシェラにはそう見えたが、リィは画学生に向かって不思議そうに尋ねたのだ。

「——この間の絵は？」

「何だって？」

「おれたちが先週見た絵だよ。どこにあるんだ？」

　画学生はきょとんとした顔になった。

「眼の前にあるじゃないか？」

　今度はリィが眼を丸くする番だった。

　呆気《あっけ》にとられた表情で絵を見上げると、画学生に眼を戻して大真面目に首を振った。

「違うよ。絵柄《えがら》は同じだけど、これは別の絵だ」

　シェラは驚いてリィの顔を見つめたが、画学生は驚くよりおもしろがっている様子だった。

　模写の準備をしながら笑って問いかけた。

「どうして別の絵だなんて思うんだい？」

「思ってるわけじゃない。事実を言ってるだけだ。

これは先週ここにあった絵じゃない」

　すっかり面食らったシェラは自分でも絵を見つめ、首を傾《かし》げながら小声でそっと問いかけた。

「本当に違う絵ですか？」

「違う。これはルーファじゃない」

　同じく小声で、リィはきっぱり言い切った。

　シェラにとってはそれで充分だったが、画学生にとっては荒唐無稽《こうとうむけい》な話である。

「きみねえ、あんまりわからないことを言うなよ。これは間違いなく先週ここにあった絵なんだ」

「そっちこそ、それ本気で言ってる？」

「もちろん。『暁の天使』を複製画と替えるなんて聞いていない。第一そんなことをする理由がない。

——言い遅れた。ぼくはディック・フロー。伯父《おじ》はここの副館長をしているアルフォンス・ブライトだ。疑うなら伯父に訊《き》いてみるといい」

「そうする。伯父さんはどこにいる？」

　ディックは呆《あき》れ顔になった。

「副館長室にいると思うけど、本気か？」

「その副館長室はどこにある？」

　わざわざ教える必要はなかった。伯父のほうから甥を見つけて声を掛けてきたからだ。

　ブライト副館長は甥よりは背が低いが恰幅《かっぷく》がよく、丸顔で、その肩書きにふさわしい年齢だというのに、弾《はず》むような足取りの陽気な人だった。

　甥と一緒にいる二人に気づくと、わざと大げさに眼を見張って笑いかけてきた。

「おやおや！　これは驚いたぞ。ついに当美術館は生きた天使像を展示するようになったのかと思った。ずいぶん可愛らしい友だちだな、ディック」

「違いますよ。伯父さん。会ったのはまだ二度目で、第一この子はぼくより伯父さんに話があるらしい。聞いたらびっくりしますよ」

「ほう、それは楽しみだ。どんな話だね？」

　感じのいい笑顔だった。子ども好きの人のようで、シェラはこの人物に好感を持った。

リィも同様の感想を抱いたのか、にっこり笑って、実に可愛らしくブライト副館長に問いかけた。

「これ、前の絵と違ってるよね？」

「違ってる？」

副館長はきょとんとなった。

「どういう意味かな？　ええと……」

「ヴィッキー・ヴァレンタイン。こっちはシェラ・ファロット」

「よろしく、ヴィッキー。前の絵と違っているとはどういう意味だい？」

「一週間前にも見に来たんだけど、その時ここには同じ絵柄の別の絵が飾ってあったからさ」

「何だって？」

副館長は今度こそ驚いて眼を丸くしたが、リィはあくまで無邪気《むじゃき》に続けたのである。

「これじゃなくて、この前見た絵が見たいんだけど、どこにあるのかな？」

「きみはずいぶんおかしなことを言うんだねえ！」

副館長は甥と同じ感想を述べて楽しげに笑ったが、観覧者の邪魔にならないように声は抑えている。

シェラが躊躇《ためら》いがちに疑問を投げた。

「画家によっては気に入った構図で何枚も同じ絵を描くそうですね。ドミニクという画家もこの構図の絵を二枚描いたということでしょうか？」

「馬鹿な！　『暁の天使』は一枚だけ、ドミニクが具象で描いた絵も現存するのはこれ一枚だけだよ」

副館長の力説にリィは首を振った。

「それならやっぱり違う。先週おれたちが見たのが『暁の天使』っていう絵なら、これは別の絵だ」

「ですけど、リィ。副館長さんが嘘《うそ》を言ったりする理由がありません」

「そのとおりだとも。いいかね、これは間違いなく一週間前ここに展示されていた絵なんだよ」

そこまで言われても、リィは引き下がらなかった。恐ろしいくらいの確信を籠《こ》めて断言した。

「絶対に。違う」

「どうしてそう思うんだね？　きみは美術を専門に勉強しているのかい」

「まさか。ペンキと絵の具の違いもわからないよ」

美術館の副館長とその甥の画学生は信じられない顔つきになった。

「それじゃあどうして？」

リィはちょっと言葉に詰まった。

はっきりした理由は自分でも説明できないからだ。

何とか副館長にも通じる言葉を捻《ひね》り出した。

「つまり……先週見た時は、絵に描かれている人が知り合いに似てたんだ。そっくりだった」

「ほほう、生身の天使がもう一人いるのかい？」

「それなのに、今見たら全然似てないからさ」

同じ絵ならこんなはずはないよとリィは言ったが、副館長は寛大《かんだい》に頷《うなず》いた。

「そういうことか。それならちゃんと説明できるよ。絵というものは見る人の主観や、その人の精神状態、時に応じてさまざまに変化する。特にこの天使はね、横顔しか見せていないのにその表情は実に豊かだ。ある時は優しく、ある時は厳しく、ある時は哀しく、場合によっては恐ろしくさえ見える時もあるんだよ。前に見た時と違って見えるのはむしろ普通だ」

それでもリィは首を振ったのだ。

「泣いたり笑ったり怒ったりしてたって、友だちは友だちだ。別の人と見間違えるなんてありえない」

ブライト副館長もディックも頑固《がんこ》な少年の態度に苦笑して肩をすくめているが、シェラは違った。

たとえ自分の眼には見分けられなくても、リィがあの黒い天使を見間違えるはずがない。

そのリィがここまで確信を持って断言する以上、これは別の絵なのだと判断するしかない。

そして同じ構図の『暁の天使』は一枚しかない。

これらの情報からシェラの頭は当然の結論を導き出したのである。

「それなら先週の絵は盗まれて、代わりにこの絵が置いていかれたということなんでしょうか？」

美術館にとっては致命的とも言うべきな不名誉な疑いを向けられても、副館長は怒ったりしなかった。

大きな身体を揺らして高らかに笑った。

「このエレメンタルから絵を盗むだって？　しかも『暁の天使』を？　それは不可能と言うんだよ」

「どうしてそう言いきれます？」

「そうだよ。どうして言い切れるんだ？」

副館長は楽しくてたまらない顔つきで少年たちを見下ろすと、えへんと咳《せき》払いして胸を張った。

「ようし、わかった。そこまで言われてしまってはエレメンタルの名誉にかけて疑いを晴らさなくてはならないな。説明しよう。まず第一にこの美術館の展示室は一つ残らず監視装置で見張られているんだ。絵に触ろうとしただけで警備員がすっ飛んでくる。第二にもし壁から絵が取り外されたら、その段階で警報が鳴り響き、遮蔽装置《シャッター》が作動する。絵を持った人間を閉じこめて建物から出られなくさせるためだ。どうだね。絵を壁から外しても、出口までは絶対にたどり着けない仕組みになっているんだよ」

「だけど、この部屋は内装工事をしてたんだろう。三日間、絵の公開も中止されてたはずだけど、その間はどこに置いてあったのかな？」

「地下の収蔵庫だよ。我が美術館が誇る鉄壁の城だ。そこから盗み出すのはもっと大変だぞ。地下部分は美術館の心臓部だ。空調を管理する人や警備の人が一晩中働いている。収蔵庫もそうさ。何十万という絵や彫刻がしまってある大事な場所だからね。中に入れるのは信用できる人だけなんだよ」

副館長の話しぶりは中学校の先生のようだった。張りのある声は適度な抑揚があり、相手が興味を持つように、わかりやすくおもしろく話している。

「まして『暁の天使』は大きな絵だからね。一人で運び出すのはまず無理だ。あれを盗むなら最低でも二人がかりでないと。だがね、あんなものを抱えてうろうろしていたら確実に誰かに見つかるよ」

「折りたためばいいんじゃない？」

副館長とディックが眼を剝《む》いた。

「お、お、折りたたむ⁉」

「『暁の天使』を⁉」

その見幕の理由がリィにはわからない。

きょとんと言い返した。

「そうだよ。あの絵は布地に描いてあるんだろう？　板じゃないんだから、枠から外して三回くらい折りたためばかなり小さくなると思うけど……」

ぎゃ――――っ‼　と声にならない悲鳴が響いた。

二人分、確かにした。

「やめてくれ！　寒気がする！」

「どんな泥棒だって、そんな馬鹿な真似はしない！　間違ってもするもんか！」

猛然たる抗議に、リィはたじたじとなった。

絵を折りたたむのがそんなにいけないことだとは思わなかったので、急いで言い直した。

「じゃあ、丸めて持って行ったのかも……」

「それもだめだ！　折るよりはましだがそもそも木枠から外すなんて問題外だ！」と力説する伯父と甥に、リィは途方に暮れた顔になった。

「ずいぶん条件が厳しいなあ……」

「だからそんなことは不可能だと言ってるんだ」

ディックが断言する。

「この絵を欲しがっている人間ならたくさんいるが、それはあくまで無傷での話だ」

「そうだとも。この素晴らしい芸術を破壊してまで盗み出すなんて、まったくもって無意味な行為だよ。

――おお、これはスタイン教授」

副館長が気づいて出迎えたのは厳《いか》めしい顔に白い頰髭《ほおひげ》を蓄《たくわ》えた、炯々《けいけい》たる眼光の老人だった。

杖を手にしているが、歩行を助けるものではなく、一種の身だしなみのようで、すたすた歩いてくる。

傍《そば》には若い男が付き添っていた。怜悧《れいり》な雰囲気の目鼻立ちの整った男で、副館長に目礼してくる。

教授と呼ばれた老人は尊大な口調で問い質した。

「ブライト副館長。何かあったのかね？」

「ええ、ちょうどいいところにいらしてくださった。ご意見を聞かせていただければ幸いです」

甥と二人の少年を紹介して、副館長はリィたちに向かって言った。

「この人はゲルハルト・スタイン教授。近代美術の中でも特にドミニクを専門に研究していらっしゃる。ドミニクに関しては誰よりも詳しく、鋭い鑑定眼をお持ちだ。こちらは助手のエマヌエル・オルフ氏」

ディックは緊張に身体を硬くしながら挨拶《あいさつ》した。

「スタイン教授。お目に掛かれて光栄です」

「副館長の甥御さんがドミニクを好きとは嬉《うれ》しい。──筋は悪くないが、まだまだ精進が必要だな」

ディックの模写を見ての評である。

顔を赤らめた甥の代わりに、副館長が笑いながらリィに眼をやった。

「まあ、聞いてくれませんか、スタイン教授。実はこの子と興味深い論争をしていたところでしてね。先週見た時と絵が違っていると言うんですよ」

「なに？」

教授は顔色を変えた。

「傷でも生じたと言うのか？」

「いえいえ、ご心配には及びません。そうではなく、この少年はこの絵が贋物《がんぶつ》だと言いたいらしい」

今度こそ絶句した教授だった。

恐ろしく険《けわ》しい顔で絵を振り仰いだが、副館長は微笑を含んだ穏やかな声で、やんわりと言った。

「スタイン教授。あなたもよくご存じのはずです。この美術館から絵を盗み出すことなど不可能です。今それを説明していたところなんですよ」

「うむ。確かに。わたしもこちらの警備には全幅の信頼を置いている」

「それこそ当館が大いに誇りとしているところです。開館以来、一度も盗難事件など起きておりません。これからもそうありたいと思っています」

「結構なことだ」

頷いた教授はあらためて絵に視線を戻した。

老いてなお険しい顔が輝き、厳しい目元に情熱の光が点《とも》る。背筋をまっすぐ伸ばしたその姿勢からも、この絵に対する教授の深い愛情が窺《うかが》える。

「いつ見てもすばらしい……」

夢見るように嘆息《たんそく》して、教授は連れの男に言った。

「わたしの若い頃にはわざわざブラッセルまで見にいかなければならなかったが、今はこうして好きな時間に鑑賞することができる。ありがたいことだ。ドミニクの作品の中では異色と言えるが、その点にこそ、この絵の魅力がある。そうは思わないかね？　オルフくん」

「ごもっともです」

慇懃《いんぎん》に一礼したオルフはリィに向かって胡乱《うろん》な、しかし興味深げな眼を向けてきた。

「きみは何を根拠にこれを贋物だと？」

「そんなことは言ってない。ただ、一週間前に見た時とは違う絵だと言ってるだけだ」

教授が顔をしかめた。

「非論理的だな。改装工事が行われている間、この絵は地下収蔵庫に保管されていた。収蔵庫に出入りできる人間は極めて限られている。その上、作品の持ち出しには当然、許可が必要になる」

副館長も満足げに頷いた。

「そのとおり。これが贋物だなんてありえない」

シェラはちらっとリィを窺った。

四対一では、しかも相手のほとんどが専門家では明らかに旗色が悪いが、それで怯《ひる》むリィではない。なお反論しようとしたが、急にその口を閉ざした。

何を思ったか、一転して眼を輝かせて、ブライト副館長の顔を覗《のぞ》き込んだのだ。

「じゃあ、美術館はこれでいいんだ？」

「やれやれ、どうもきみの言うことはわからないな。何がいいって？」

「だから副館長は——この美術館もだけど、ここに飾られているこの絵に満足してるんだね？」

「ああ、そうだよ」

「これからもずっとこの絵をこの部屋に飾る?」

「もちろんだとも」

「スタイン教授も? この絵でいいと思う?」

「思うも何も『暁の天使』はこの世に一枚しかない。当然じゃないかね」

顔をしかめながらも、質問には一応答える。

教授は副館長と違って、どう見ても子ども好きの性格ではないが、美術に興味を示している中学生を邪慳《じゃけん》にあしらうのは誉められた態度ではないという程度の判断は働くらしい。

リィは期待に胸を膨らませ、それはもうとびきり可愛らしい笑顔で言ったのである。

「それなら、先週この部屋にあった絵を見つけたら、おれがもらってもかまわないかな?」

シェラは非常な驚きを持ってそれを見ていた。

眼をきらきら輝かせて、わくわくしながら大人に約束を迫るリィ。

珍しいを通り越して異常である。

天変地異の前触れかとシェラが眼を疑う光景も、副館長にはあくまで突拍子もない子どもの言い分に過ぎないようで、腹を抱えて笑っていた。

「きみは本当におもしろいことを言う! いいとも、頑張って捜してくれたまえ。見つけられたらそれはきみのものだよ」

「やった!」

喜びのあまり飛び跳ねる。

これまた非常に珍しい——というより不気味だが、リィはさらに副館長を窺って念を入れた。

「副館長さんって二番目にえらい人だよね? 後になって一番えらい館長さんがだめだって言ったから、あの約束は取り消すなんて言うのはなしだよ?」

「おやおや! はっきり言う子だ。しかし、そんな心配はしなくていい。シーモア館長もわたしと同じ意見のはずだからね」

「先週の絵はいらないっていう意見に?」

スタイン教授は愛する絵に掛けられた贋物疑惑に明らかに不快感を示していたが、ブライト副館長は少年の間違いを丁寧《ていねい》に正してやった。

「そうじゃない。きみが先週見たのはこの絵なんだ。館長もきっと同じことを言うはずだよ」

リィは同情しながらも興奮を隠しきれないという、何とも複雑な顔になった。

「その前提がもう間違いなんだけど、副館長がそう思ってるならそれでいいや。——ありがとう！」

大人たちを見上げて礼を言い、リィは笑み崩れてシェラを振り返った。

「行こう！」

「はい」

シェラも教授や副館長に礼儀正しく一礼すると、リィの後を追った。

少年たちが天使の部屋を出て行くのを見届けて、ブライト副館長は笑って首を振った。

「いやはや、おもしろい子だな。どうしてこの絵を贋物だなんて思ったものか……」

スタイン教授は渋い顔である。

「子どもとはいえ、不愉快《ふゆかい》極まりない。根拠もなく作品を贋物呼ばわりするなど許されんことだ」

「ですが、相手は中学生ですよ。あの少年の眼には先週見た時とは本当に違う絵に見えたのでしょう。感受性が鋭い証拠です。ああいう少年が将来芸術に興味を持ち、我々同様、美を探求する道を選ぶかもしれません。将来どんな名木にも生長する可能性があるものを、現在の姿だけで役に立ちそうにないと決めつけて、その芽を摘み取ってしまうのは決して賢明《けんめい》なやり方とは言えません。いかなる学問もその入口となるものは純粋な興味と好奇心です」

教授の厳しい顔がほんの少しほころんだ。

「ブライト副館長。わたしは頑固で気難しい年寄りだがね、きみの言い分に理があることは認めている。しかし、わたし自身はどうも子どもは好かんのだ。

騒がしくてかなわんのだよ。後進の指導の重要性も理解しているつもりだが、せめてオルフくんくらい育っていてくれんと、やりにくくて仕方がない」

「では、そちらは教授にお任せしましょう」

スタイン教授とブライト副館長が談笑していると、シーモア館長がやってきた。

貴族的な顔立ち、入念に手入れの行き届いた口髭、身につけているものも最高級品ばかりの洒落者《しゃれもの》で、上流社会ではちょっとした有名人である。

特にご婦人方には人気が高い。

表情豊かな副館長とは対照的に、シーモア館長は常に優雅な微笑と華麗な立ち居振る舞いを忘れない人だが、今日は心なしか顔色が悪い。

ブライト副館長が意外そうに尋ねた。

「館長。今日はエポンに泊まりのはずでは？」

「ああ、ちょっと気になることがあってね」

上の空で答えた館長はスタイン教授を見て言った。

「ここで教授にお会いできたのはちょうどよかった。ぜひ、お力を貸していただきたい。ブライトくんも一緒に来てくれ」

その声にも困惑と緊張の響きがある。

館長室に場所を移して三人だけになると、館長は単刀直入に切り出した。

「ドミニクの『暁の天使』が贋物だというのです」

ブライト副館長とスタイン教授が驚いたのは無論、別の意味でだ。教授などは不快感も顕わに言った。

「シーモア館長。まさか、あの子どもの言うことを鵜呑《うの》みにするのかね？」

「子ども？　何のことです」

館長は訝《いぶか》しげに言って、懐《ふところ》から手紙を取り出して机に置いた。

フレデリック・シーモア館長殿と宛名はあるが、差出人の名前はない。

副館長が眼で館長に断りを入れて封筒を取り上げ、中に入っていたカードを読み上げた。

「現在そちらに展示中の『暁の天使』は贋作です。

内装工事中に入れ替わった贋作が展示されて今日で三日になります。お気づきではないようですので、再鑑定されることをお勧め致します……」

ブライト副館長は呆気にとられて館長を見つめ、スタイン教授は露骨《ろこつ》な軽蔑《けいべつ》の口調で吐き捨てた。

「ばかばかしい」

両手を組んだシーモア館長が難しい顔で頷く。

「わたしもそう思いました。あの絵は半年前に鑑定したばかりで、その時点で本物と結果が出ています。鑑定したのは他ならぬあなたでした、スタイン教授。だからこそ、あらためてお尋ねしたかったのです。先程まさに『暁の天使』を鑑賞しておられましたが、あの絵は本物ですか?」

「それはきみ……」

言い掛けた教授はさすがに口をつぐんだ。

子ども相手の雑談と違い、専門家としての意見を求められているのだ。迂闊《うかつ》なことは言えない。

慎重に言葉を選んだ。

「……いいかね。そっくりに描くだけなら、さほど難しいことではない。肉眼では判別の難しい贋作をつくるのも描き手の技倆《ぎりょう》次第で可能だろう。だが、表面をなぞっただけの贋作など一目でそれとわかる。私的な見解でよければ言わせてもらうが、展示室のあの絵には確かにドミニクの魂《たましい》が息づいている」

「それでは念のため、確実を期すために科学鑑定に掛けたいと申し上げたら……反対なさいますか?」

『ご気分を害されますか』と尋ねているのも同然の館長の口調に、教授は舌打ちした。

「馬鹿な。そんな気遣いはいらん。真贋の見極めに科学鑑定を用いるのは当然のことではないか」

「そのお言葉を伺《うかが》って安堵《あんど》しましたよ、教授。では、再鑑定をお願い致します」

「シーモア館長。簡単に言うが、それではエレメンタルに手落ちがあった可能性を認めるのも同然だぞ。以前の鑑定ではまさしく本物だったのだからな」

「わかっています。無論、わたしはあれが本物だと信じています。我々が気づかないうちに贋作とすり替えることなど事実上不可能なのですから。しかし、ドミニク没後三百年展も間近に迫っています。万に一つの間違いもあってはならないのです。ぜひとも、あの絵が贋物ではないと証明していただきたい」

スタイン教授は深く考え込んだ。

贋物であることを確認するためではなく、本物であることを確かめてくれというのである。

「教授。まだ続きがあります」

ブライト副館長がカードを教授に差し出した。

受け取って眼を通せば『――証拠として、画布の年代をお調べください』とある。

教授は得たりとばかりに頷いた。

「ドミニクは決まった画材を使っていた。絵の具はクレープス製。鉛筆と筆はラロかミランのどちらか、そして画布はカーマンディ製だ。カーマンディ社は七二四年に倒産したが、詳細な記録が残っている。しかし、わざわざ調べる必要はあるまい」

「と言われますと？」

「これが新発見のドミニク作品というならともかく、『暁の天使』だぞ。わたしはあの絵の隅々まで熟知している。このことはきみたちにも話していないが、絵のちょうど真下、木枠に張られた部分に特徴的な形の染みがあるのだ。他にも何点か、わたしだけが知っている特徴がある。画布を鑑定する前にそれを確認してみればいい」

「ますますもってありがたい。閉館後に警報装置を切りますから、さっそく調べていただけますか」

スタイン教授はまだ顔をしかめている。

「館長。どうしてもと言うなら協力するが、本当にその必要があるのかね？　わたしは無意味な時間を取られるのは好まんのだがね」

「教授の手を煩《わずら》わせるのは恐縮なのですが、『暁の天使』を指名した上、すり替わって三日とわざわざ指摘している。当美術館の名誉にかけて、どんなにばかげていても、どんなに些細《ささい》な疑惑でも、これは捨て置けません。こんな疑いは徹底的に晴らさねばなりません。ましてやその対象がドミニクとなれば、スタイン教授の他に頼める方はおりません」

教授はやれやれと苦い息を吐いた。

「そこまで言われるなら力を貸すが、断言しておく。これはたちの悪い子どもの悪戯《いたずら》に過ぎん。まったくけしからん。よりによって館長まで巻きこむとは。いくら何でも見逃すわけにはいかん所行だぞ」

ブライト副館長が眼を見張った。

「まさか、この手紙をあの少年が出したと？」

「他に誰がいる？　大人をからかって遊ぶにしても、やっていい悪戯といけない悪戯はわきまえるべきだ。厳しく叱《しか》ってやらねばならん」

シーモア館長一人が理解しかねる顔つきだ。

「失礼ですが、お二人が話しているその子どもとはいったい何のことです？」

「我々はつい先程、この手紙の差出人と直に会って話をしたということだよ、館長」

驚く館長に副館長が一部始終を説明した。

しかし、あの少年の悪戯だという教授の意見には、館長は否定的だった。

「わたしがこの手紙を受けとったのは四時間前です。エポンのアーバンホテルでした。マッケラン市長と会談を終えた後、使い《メッセンジャー》が届けに来たのです」

一流ホテルに滞在中の著名人に伝言《メッセージ》が届くことは珍しくないが、今回は実物の手紙だ。

ホテルの人間が言うには平凡な感じの男が自分でフロントにやってきて『これをシーモア館長に』と言い置いて去ったらしい。

「会談の後は市主催の夜会に出席する予定でしたが、どうにも気になって戻ってきたのです」

ブライト副館長は驚いて問い返した。

「市長の夜会を欠席してまで？」

スタイン教授も呆れたように言った。

「いささか神経質すぎないかね、シーモア館長？」

「手紙だけなら予定通り夜会を楽しんでいましたよ。

もう一つの理由がこれです」
館長が封筒を逆さに振ると、中から細長い繊維《せんい》が
ひらりと落ちた。
ゴミか何かが紛《まぎ》れたと普通なら思うところだが、
さすがにそこは専門家である。
ブライト副館長もスタイン教授も真剣な顔になり、
副館長が慎重にそれをつまみ上げて教授に見せた。
「……画布の切れ端ですね？」
「うむ。しかも現代のものではないな」
さらに言うなら、加工された画布がこんなふうに
ほつれることはありえない。鋭利な刃物で極々細く
切り取ったものだ。
繊維の端にわずかに黒の絵の具が付着している。
ブライト副館長は何とも言えない顔になった。
「館長。まさか……」
その先は言えなかった。
これは本物の『暁の天使』の一部だと思うのかと、
そんなことは口にするのも憚《はばか》られることだからだ。

シーモア館長も顔をしかめて首を振った。
「無論そんなことは信じていない。第一ありえない。
しかし、入れ替わって三日と断言し、画布の年代を
調べろとまで言っている。明らかにカーマンディの
特性を知っている人間だ。しかもこの画布は相当に
古い。こんな切れ端だけではカーマンディかどうか
調べてみなくてはわからないが、古いことは確かだ。
恐らく百年では利かないだろう。悪戯にしても手
が込んでいるし、何が目的でこんなことをするのか
が問題だ。——こんな真似は子どもには無理ですよ、
スタイン教授」
教授はそれでもまだ疑惑の表情だったが、館長の
強い要望もあって、閉館後『暁の天使』は恭《うやうや》しく
壁から下ろされることになったのである。
この鑑定には教授の助手のオルフも立ち会った。
オルフにしてみれば名作に直に触れられる貴重な
機会である。何としても逃したくなかったのだ。
「教授の鑑定を拝見できるとは勉強になります」

「こんなものは鑑定とは言えんよ。——それでいい。下がってくれ」

一般職員たちは何をするのか聞かされていない。ただ、額縁から絵を外し、あらかじめ用意された机に慎重に横たえた。

スタイン教授は絵の真下に回ると、中腰の姿勢で絵の前に屈《かが》み込んだ。

身なりのいい老人が杖を支えに、思いきり身体を曲げて尻を突き出し、正面の絵を凝視している姿は何とも奇妙であり、滑稽《こっけい》でもあった。一つ間違えば頭がおかしいのかと勘違いされそうな格好である。

館長は少し心配そうに、副館長は微笑を噛《か》み殺しながらその後ろ姿を見守っていた。

本人の口ぶりでは至って簡単な仕事のようなので、教授はすぐに問題の染みを確かめて満足げに頷き、背中をまっすぐ伸ばすはずだった。

ところが、いつまでたっても、教授は中途半端な姿勢のまま動こうとしない。

感情の起伏は激しくても慎重な性格の人だから、間違いがないように念を入れているのかと思ったが、それにしては様子がおかしい。

「教授？」

館長が心配そうな声を発した。

副館長も同様にして思わず歩み寄った。

「どうされました。お加減でも……？」

近くで見れば、教授の身体は硬直していた。

杖を握った右手がぶるぶる震えているが、それは身体に変調を来したからではない。

白髪頭がぎくしゃく動き、一瞬で土気色に変じた顔が館長と副館長を見上げてきた。

その口は陸に上がった魚のようにぱくぱく動き、何か言おうとするも言葉にならない。

血走った教授の眼はありありと恐怖を映していた。

館長と副館長の顔から音を立てて血の気が引いた。

4

連邦警察のマンフレッド・グレン警部は眠い眼を擦《こす》り、欠伸《あくび》をかみ殺しながら、部下のチャーリー・ヒックス刑事とともに現場入りした。

警察という仕事に昼も夜もないが、それにしても今回の命令は唐突《とうとつ》で、しかも奇妙だった。

事件を秘密にすることはよくある。たとえば営利目的の誘拐《ゆうかい》事件だ。捜査状況はおろか事件の発生も世間にはいっさい公表されない。

しかし、今回は身内にも内密に捜査するようにと、州警察本部長から厳命が下っている。

グレン警部はさっそく館長室に迎えられ、仕事に取りかかったが、その場の雰囲気に嘆息《たんそく》した。

関係者一同、想像を絶する恐怖と衝撃に襲われて、まともに話をできる状態ではなかったからだ。

ブライト副館長は大きな身体を椅子に沈め、頭を掻《か》きむしり、意味不明の呻《うめ》き声を洩《も》らしている。

その横ではスタイン教授が半狂乱で「信じられん、こんなことはありえん……」と繰り返している。

シーモア館長も二人に負けず劣らず顔面蒼白《そうはく》で、眼はうつろ、錯乱状態の一歩手前である。

やれやれと密かに天を仰いだグレン警部にとって、オルフがいてくれたのは幸いだった。

もっとも、そのオルフも青くなっている。

彼が正気を保っていられたのは、ひとえに盗難に遭《あ》った絵に責任を負う立場にないからだが、事態の重大性を考えれば平静でいられるわけがない。

「――先程、正式な鑑定結果が出たんです。それによると、その前に少し説明しますと、ドミニクが『暁の天使』を描いたのは六五〇年頃でして、当然、画布も当時のものが使われていなくてはいけません。実際、半年前にスタイン教授が鑑定された時点では、画布はまさしく六五〇年製だったんです。ところが――あの絵の画布は六六〇年製です」

　あるべきはずの染みがそこにないことに気づいた教授はほとんど失神寸前の体《てい》に陥《おちい》った。

　館長と副館長はただちに、木枠に貼られた部分の画布を（つまり絵の描かれていない箇所だ）慎重に、ごくわずかに切り取って地下の研究室に飛び込むと、手紙に同封されていた画布の切れ端とともに最優先の鑑定を命じた。

　トップ二人の様子に面食らいながらも、研究員は微量の繊維《せんい》を受け取って作業に入った。彼はそれが何であるかなど知らないから、手順通りに鑑定して、焦燥《しょうそう》のあまり狂いそうになっている二人に向かってあっさり言ったのである。

「両方ともカーマンディですけど年代が違いますね。こっちが六六〇年製、絵の具の付着していたほうは六五〇年製。絵の具は同年代のクレープスです」

　まさに恐怖の大王の降臨だった。

　シーモア館長が倒れなかったのは奇跡、ブライト副館長が絶叫しなかったのが不思議なくらいだ。

　オルフも声をひそめてグレン警部に訴えた。

「こんなことはとても公《おおやけ》にできません。美術館の大失態なのはもちろんですが、人類の至宝が永遠に失われるかもしれない危機でもあるんです。それで、シーモア館長が、個人的に親しくされている州警察本部長に極秘の捜査をお願いしたんです」

「なるほど」

　おかげでこっちはいい迷惑だがねと内心で呟《つぶや》く。

　グレン警部は三十代半ば、強面《こわもて》と美男子《ハンサム》の中間に位置する人で、身体もがっしりと大きくたくましい。子どもと犯罪者が泣いて逃げ出しそうな風貌《ふうぼう》だが、その外見とは裏腹にのんびりした物腰で、穏やかな話術と人柄《ひとがら》、何より捜査能力に定評のある人だった。

　対照的にヒックス刑事は小柄で賑《にぎ》やかなお調子者である。横から口を出した。

「三百四十年前と三百三十年前の画布の違いなんて

わかるもんなんですか?」

「カーマンディならわかるんです。場合によっては一年単位まで特定できますよ。頻繁《ひんぱん》に画布の素材を変えているものですから。本当にわずかな差ですが、分析すれば違いは歴然です」

グレン警部は問題をはっきりさせたかったので、あくまで事務的に言った。

「要するに、今展示してある絵は明らかな贋作《がんさく》だと。それに間違いありませんか?」

教授と館長と副館長が絶望的な呻き声を上げる。

こちらの話は聞こえているらしいと思った警部は、彼らに向かって問いかけた。

「皆さんがその事実に気づいたのが昨日の夕方七時。わたしがヴェリタス州本部長から命令を受けたのが今日の午前一時。今から一時間前ですが、どなたかこの時間の経過を説明していただけますか?」

シーモア館長がげっそりやつれた顔を上げた。

「なぜすぐに通報しなかったかという質問でしたら、最善の策を模索していました」

伊達者《だてもの》で知られる館長も今はその面影はない。髪は乱れ、形のいい口髭《くちひげ》も崩れかかり、無精髭も目立ち始めている。

その顔に急に赤みが差し、眼が異様に光ったかと思うと、必死の様子で訴えてきた。

「グレン警部。我々にとって犯人逮捕は二の次です。何よりも絵の回収を優先していただきたい」

「そのつもりです。犯人からの接触は?」

「今のところ、この手紙だけです。しかし、こんな手紙を寄越すからには、犯人は交渉に応じる意志はあるはずだ。必ずまた連絡してくるはずです」

犯人が盗んだ名画を金に換える手段は二つ。

一つはその絵を欲しがる蒐集家に高値で売ること。

もう一つは美術館に買い戻させることだ。

「美術骨董品《こっとうひん》はそう簡単に金に換えられるものではありません。あれほど名の通っている名品となれば買い手を見つけるのも一苦労するはずです。盗品であることは明白なんですから、どんな蒐集家も二の足を踏むでしょう。そのくらいなら我々と交渉して金を手に入れようと考えてもおかしくない」

「回収に使える予算はどのくらいですか？」

シーモア館長は秀麗な顔に悲痛な決意を浮かべて、きっぱりと言ったのである。

「理事会に諮《はか》ってみなければ何とも言えませんが、わたし個人としてはあの絵が無事に戻ってくるなら、どんな代価を払ってもかまわないと思っています」

「我々も全力を尽くしますが、待っているだけでは不十分です。盗まれた絵を追跡したいと思いますが、犯人が絵を贋作とすり替えた手段に心当たりは？」

「我々が知りたいくらいです。誰にも気づかれずに収蔵庫から盗み出せるはずがないのに……」

地下に降りるには個体情報を識別せねばならず、関係者以外は滅多なことでは入れないという。

グレン警部とヒックス刑事は副館長に案内されて、その美術館の心臓部をちょっと覗《のぞ》いてみた。

深夜にも拘《かか》わらず大勢の人が働いている。中央管制室、空調管理室、数々の研究室と作業室、そのどの部分にも人の姿があった。

彼らは上で起きた事件のことなど知る由もなく、自分の作業に集中している。

収蔵庫の内部も同じだった。

ここにもかなりの数の職員がいて、作品の分類や目録の作成に働いている。

「『暁の天使』ですか？　ええ、展示室の工事中はずっとここにありましたよ」

「その間、何か異常はなかったかね？」

声を掛けられた研究員は驚きに眼を見張り、何を言っているのかと言いたげな顔で訴えた。

「あれば報告していますよ」

収蔵庫は相当な広さがあったので、警部は早々に諦《あきら》めて州本部長に増援を要請した。

これは到底、自分たちだけでは手が足らない。明日には人を派遣するという約束を取りつけて、グレン警部はひとまず館長室に戻った。

「もう一つ、お尋ねします。この手紙を信じるなら、犯人はあなた方が絵の盗難に気づいていないことを確認したことになる。この三日間、あの贋物の絵に関して何か変わったことはありませんでしたか?」

オルフが言った。

「昨日の子どものことがあります」

「子ども?」

「そうです。あの絵を贋物だと断言したんです」

ブライト副館長は頭を抱え、スタイン教授は杖を握りしめて揃《そろ》って呻いた。

「まさか、あの子が正しかったとは……」

「信じられん。まぐれ当たりに過ぎんよ……」

子どもの戯言《たわごと》と取り合わなかったことを、二人が悔いているのは間違いなかった。グレン警部は話を聞くと、ちょっと首を傾《かし》げてオルフに尋ねた。

「わたしは絵には疎《うと》いので、説明していただけるとありがたいんですが、画布の違いはともかくとして、あの贋作は絵としてはどのくらいの出来ですか?」

オルフはちらっと教授を窺《うかが》った。

「よくできている……と思います。もちろん教授はドミニク研究の第一人者ですから、すぐに贋作だと見抜かれたわけですが……」

「つまらんかばいだてはよせ。オルフくん」

スタイン教授は慚愧《ざんき》に堪えない体で唸《うな》った。

「年はとっても昨日の自分が何を言ったかくらいは覚えている。わたしは気づけなかった。いつ見ても素晴らしいとまで絶賛した。あの贋物をだ!」

握りしめた杖を折りかねない勢いだった。

鋭さを取り戻した教授の眼光が警部に向けられる。

「言い訳をしても始まらんが、このエレメンタルに展示してあるという事実と安心感に眼を眩《くら》まされた。しかし、それを差し引いてもあの贋作は出来がいい。負け惜しみに聞こえるのは百も承知だがね、グレン警部。それは断っておく」

「充分です。ありがとうございます。ですが、そうなりますと、ますます話は奇妙なことになりますな。専門家でも見破れなかった贋作を、中学生が一日で見抜いたことになる——確かに怪《あや》しいですな」

ブライト副館長が悲鳴を上げた。

「グレン警部！　相手はまだ子どもですよ！」

「何もその少年が共犯だと言うつもりはありません。しかし、利用された可能性ならあります。自分でも気づかないうちに唆《そその》かされて何か犯人に都合のいい役目を演じさせられたのかもしれません」

わざわざ子どもを使って贋物だと言わせることに何の意味があるのか、それは警部にもわからないが、可能性の一つには違いない。

「その少年の身元はわかりますか？」

「名前はヴィッキー・ヴァレンタイン。それ以外のことは何も……」

「この近くの生徒ですか？」

「わかりません」

「監視装置は？　その少年が昨日ここにいたのなら映像に残っていませんか？」

副館長は無念そうに首を振った。

「ありません。昼の監視記録は特に異常がない限り、閉館時に消去する決まりなんです」

「では、どんな顔立ちだったか覚えていますか？」

これには苦笑を浮かべて頷《うなず》いた副館長だった。

「あの子は一度見たら忘れられませんよ」

明日には似顔絵作製に協力してもらうことにして、グレン警部とヒックス刑事は今夜は館長室に泊まり込むことにした。

シーモア館長もブライト副館長もだ。

本来部外者であるはずの教授も残ると言い張ってきかなかったが、年が年である。

警部が何とか説得して、やっと帰宅を承知させた。

オルフに付き添われた教授が渋々引き上げると、グレン警部はあらためてシーモア館長に言った。

「犯人は館長個人に接触してくる可能性もあります。館長のご自宅にも刑事を張り込ませたいのですが、同意していただけますか？」

「もちろんですとも。ぜひお願いします」

「もう一つ、こちらで働いている職員全員の資料を渡してください」

シーモア館長は厳しい表情で頷いたが、ブライト副館長は顔色を変えた。

「内部のものが手引きしたと言われますか？」

「それは調査してみなければ何とも言えません」

四人はまんじりともせずに犯人の連絡を待ったが、この夜は空振りに終わった。

翌日、エレメンタル美術館は定刻通りに開館した。ただし、『暁の天使』は急遽《きゅうきょ》、公開中止である。

贋作と判明した以上、何食わぬ顔で展示し続けるわけにはいかないという館長の決断だった。

グレン警部は明け方に仮眠を取っただけで、すぐ行動を開始した。

新たに派遣された四人の刑事のうち二人を館長室、他の二人には館長の自宅に向かうように指示すると、ヒックス刑事と収蔵室の調査に取りかかった。

連邦屈指の規模と鉄壁の警備を誇るだけあって、管理も防犯設備もしっかりしたものだし、部外者が立ち入るには許可が必要になる上、誰が入室したか、その記録も残っている。

一方、職員はいちいち入室記録を残さない。

こうなると、ますます身内の誰かが手引きしたと考えるのが妥当《だとう》だった。

収蔵庫に入室できる資格を持つ研究員を捕まえて、一人ずつ話を訊《き》くだけでも大変な作業である。

地道な聞き込みを続けて昼が近くなった頃だ。

館長室に待機していた刑事がやってきた。

「警部。ブライト副館長が呼んでます」

「似顔絵の作成中じゃないのか？」

「それは終わりました。まずセントラルの学校から照合するよう手配済みです。——それより副館長が何か見つけたらしくて中央管制室に来てほしいと」

グレン警部がヒックス刑事とともに中央管制室に

行ってみると、副館長はやきもきした様子で警部を待っていた。よほど焦《あせ》っていたようで、警部の顔を見るなり前置きを一切抜きにして監視装置の一つを指さした。

「あの少年です！」

似顔絵を完成させた後、副館長はいつものように館内の様子を見に行った。

その際、偶然、姿を見かけたというのである。

「危うく声を掛けるところでしたが、その前にまず警部に知らせなくてはと思いまして……」

「賢明《けんめい》な判断です」

答えながら、警部も注意深く、画面の中の少年を見つめていた。

なるほど大変な美少年だった。

一度見たら忘れられないという副館長の言葉は、決して過大なものではない。警部には少年趣味などないが、それでも思わず眼を見張ったくらいだ。

横にはこれまたとびきりきれいな子がいる。

二人は抽象主義の部屋を歩きながら作品を鑑賞し、何やら楽しげに囁《ささや》き合っている。

近くの観覧者が作品を見るのも忘れてその二人を振り返って見るほどだ。

中央管制室の職員たちも興味津々《しんしん》の顔つきでその二人を見つめていた。

「本当に男の子ですか？」

ブライト副館長がおもむろに頷く。

「信じられないのはわかるが、そのはずだ」

「二人ともですか？」

「ああ。昨日話したからな」

職員の間からいっせいにため息が洩れた。

グレン警部は訝《いぶか》しげに言った。

「この子たちは昨日もここに来たんですね？」

「そうです」

「美術館というところは、副館長には申し訳ないが、中学生が二日続けて来たがる場所ではないはずです。

——何か特別な目的があるのかな？」

ヒックス刑事が囁いた。

「どうします、逮捕しますか？」

「何の容疑でだ？」

そうこうするうちに二人は抽象主義の部屋を出て、廊下を渡り、一階へ下りた。

中央管制室の監視装置は少年たちの動きを忠実に追っていたが、回廊を抜けて中庭へ出たところで、職員が振り返って首を振った。

「この先は追えません。監視装置がないんです」

「この中庭から外へ出ることはできますか？」

「いいえ。——たぶん、何か食べるつもりなんじゃないでしょうか？」

副館長が頷いた。

「恐らくそうだろう。中庭には売店がある」

「売店？」

「ええ。館内にも立派な飲食店があります。当館は一日を有意義に使って芸術を楽しんでもらいたいと考えておりますので。館内での飲食は禁止ですが、天気のいい日には中庭で昼食にする方も結構いらっしゃいますよ」

「なるほど、そろそろ昼時でしたな」

警部は部下たちに交代で食事にするように言うと、自身も大きな身体でゆったりと歩き出した。

「俺もメシにしてくる」

一階へ上がり、回廊を抜けて中庭に出る。

グレン警部の眼の前に広がったのはこれが本当に『中庭』かと呆《あき》れるほどの緑の空間だった。

きれいに刈り込んだ芝生《しばふ》の合間に、間隔を開けて何本も木が植えられ、休むのにちょうどいい木陰をつくり出している。

芝生に座り込んで弁当を広げている人もいれば、木陰に寝転んでいる人の姿も見える。

副館長の言った売店は建物の一階部分にあった。

サンドイッチ、ハンバーガー、チキンにサラダ、パスタにホットプレスサンド、他にもデザートなど、種類の豊富な軽食がずらりと並んでいる。

警部は適当に昼食を買い込んで少年たちを捜した。相当な広さだが、障害物は何もないので遠くまで見渡せる。

二人の姿はすぐに見つかった。

建物からかなり離れた芝生の上に座り、予想通り売店で買った食べ物を広げている。

グレン警部はいつもの大きな足取りでゆっくりと近づいたが、あらためて眼を見張る思いだった。

監視装置の映像は白黒だった。つまりこの二人の本当の姿は何も映していなかったのである。

間近で見ると、二人ともまるで光の天使だった。

一人は眩《まばゆ》い陽光で、もう一人は清げな月光だ。

グレン警部はこれまで未成年が被害者の性犯罪を扱った経験はないが、少年ばかり狙う下劣な連中がいるのは知っている。

この子たちを見張っていればそんな連中の五人や十人はたちまち釣れそうで、あまり美しすぎるのも考えものだと、これでは親御さんは気の休まる時がないんじゃないかと、他人事《ひとごと》ながら心配になった。

二人は食事の手を止めて警部を見つめている。

大きな男がのっそり近づいてきたのだから無理もないが、その眼の中には恐れも警戒の色もない。

「やあ、こんにちは」

迫力満点の警部の姿形は子どもには怖がられるが、にっこり笑った顔と物腰の穏やかさに、ほとんどの子どもたちは打ち解けてくれる。

この子たちは最初から警戒などしていなかったが、金髪の少年は警部に好感を持ったようで、にっこり笑い返してきた。同時に悪戯《いたずら》っぽく言ってきた。

「おじさん、男の子が好きな変な人？」

さすがに警部も傷ついた。

三十代でおじさんと言われたことも、少年好きの変態と見なされたこともだ。

しかし、ここでくじけてはいられない。

苦しい笑いを浮かべて首を振った。

「いいや、おじさんはどっちかというと、そういう変な人を捕まえるほうなんだ」

「警察の方ですか？」

　銀髪の少年が口を開いたが、これまた中学生とは思えない口調である。

「そうなんだ。ちょっと訊きたいことがあるんだよ。一緒に食事にしてもいいかい？」

「いいよ。おれはヴィッキー、こっちはシェラ」

「マンフレッド・グレン警部だ」

　警部も芝生に座り、買ってきたものを食べ始めた。

　身体の大きな警部がたくさん食べるのは当然でも、少年たちが用意した食べ物もかなりの量だ。

　それが見る間に消えていく。育ち盛りというのはたいしたものだと思いながら、警部もせっせと腹を満たした。そうして何気ない口調で尋ねた。

「きみたちは昨日もここに来たそうだけど、今日は何をしてるんだい？」

「絵を捜してるんだよ。『暁の天使』っていう絵」

「それなら二階に展示してあるだろう。残念ながら今日は公開中止のようだが……」

「あれは違うよ。おれの欲しい絵じゃない」

　話が早くて助かると満足しながら、グレン警部はわざと大げさに問い返してみた。

「きみの欲しい絵だって？」

「そうだよ。先週来た時は違う絵が飾ってあった。同じ絵柄の。誰かが持ってっちゃったみたいだけど、おれが欲しいのはあっちのほう。今飾ってある絵はいらないんだ」

　その瞬間、警部はこの少年が犯人に利用された可能性をきれいさっぱり捨て去った。

　誰かに示唆《しさ》されて言わされている台詞《せりふ》ではない。自分が何を話しているのか、何を欲しているのか、この少年は子どもなりに正しく理解している。

　となると残る問題はこの少年の鑑定眼だ。

「簡単に言ってくれるがね。普通、絵柄が同じなら、前に見たのと同じ絵に見えるんじゃないか？」

「他の絵ならね」

金髪の少年は意味深な表情で笑い、銀髪の少年は無念そうに首を振っている。

「実際わたしにはわからなかったんです。同じ絵に見えました」

当然だ。専門家が見抜けなかった贋作である。

「きみはどうして贋物《にせもの》だと思ったんだ?」

少年はちょっと焦《じ》れったそうな顔になった。

「贋物だとか本物だとかそんなことはわからないよ。絵柄は一緒なんだから。——おれにわかるのは昨日見た絵は先週見た絵じゃないってことだ」

「見てすぐに真作じゃないと思った?」

「思ったわけじゃない。見てわかった。あの絵なら見れば一目でわかるよ」

警部はあながち芝居《しばい》でもない苦笑を浮かべた。

「きみの言うことを疑うわけじゃないけど、贋作を見抜くにはよほど美術に造詣《ぞうけい》が深くないと無理だぞ。きみはまだ中学生だろう。いったいどこでそれほど高度な専門的知識を身につけたのかな?」

「とんでもない。見当違いもいいとこだよ。おれは美術はまるっきりの素人《しろうと》なんだから。今もちょっと見てきたけど、抽象画に過剰《かじょう》現実画に世紀末主義? どこがどう違うのかさっぱりわからない」

諦めたように肩をすくめた少年は、グレン警部を見つめてはっきり言った。

「だけど、あの絵ならわかる。間違えっこない」

警部が知りたいのはその理由だ。

しかし、この少年は贋作を見抜いた明確な基準を持っていない、あるいは自覚していないらしい。

「きみはどうしてその絵を捜してるんだい?」

「美術館がいらないって言ったからさ。見つけたらおれがもらうんだ」

「まさか?」

耳を疑った警部だった。

「冗談だろう。美術館はそんなことは言わないよ」

「そりゃあ美術館っていうのは建物で、建物は口をきいたりしないもんだけど、昨日ブライト副館長がそう言ったんだ。見つけたらくれるって。専門家のスタイン教授って人もそう言ったよ。今の絵が一枚あればいいんだって。——ちょうどよかったよ」

「……何が？」

「美術館は今の絵で満足してる。おれは先週の絵を見つけて自分のものにする。そうすればみんな損はしないだろう？　めでたしめでたしだ」

そんな恐ろしい締めくくりは聞いたことがない。

警部は半ば呆れ、半ば驚いて眼を剝《む》いていた。
五、六歳の子どもならともかく中学生にもなれば、本物の美術品がどういうものかくらい知っていてもよさそうなものだ。それなのに、この少年は本物の『暁の天使』を自分にものにするというのである。
ここで警部ははたと気がついた。

もしかしたらこの少年は、恐ろしいことに真作と贋作の違いを理解していないのではと思ったのだ。

「ヴィッキー。きみが言っているのはドミニク作の『暁の天使』のことだろう？」

「そうだよ」

「その絵は今、盗まれて行方不明だ」

「さっきからそう言ってるつもりだけど？」

「ヴィッキー。ブライト副館長は知らなかったんだ。スタイン教授もだ。二人は昨日の夜になって初めてその事実に気がついた。本物は盗まれて、代わりに贋物が置いてあったという事実にね」

緑の瞳《ひとみ》がじっとグレン警部を見つめてきた。

警部は宝石には詳しくないが、本物の翠緑玉《エメラルド》でも、きっとこんな鮮やかな色はしていない。

仕事を忘れてしまいそうな眼福を感じていると、少年は理解に苦しむ顔で首を捻《ひね》った。

「わからないな。それまで気がつかなかったんなら、本物だ贋物だなんて区別しなくてもいいのに」

「絵柄は一緒なんだから——かい？」

台詞を先取りして警部は言った。

「そうはいかない。ドミニクの描いた絵だけが本物、それ以外は本物を真似して描いた複製画だ。後から描いた複製画を本物だと偽って展示するのは立派な犯罪だぞ。エレメンタルはそんな罪は犯さない」

「だったら今の絵の横に、ドミニク作『暁の天使』かっこ複製画かっことじって一言書いておけばいい。それなら嘘《うそ》をついたことにはならないよ」

代わりに関係者一同が間違いなく卒倒する。

警部は頭を抱え、美術館に多大な同情を寄せたが、少年は少年で不快そうに顔をしかめていた。

「だいたい今さら何を言ってるのかと思うよ。昨日あれだけ先週の絵とは違うって教えてやったのに」

いや、ごもっともで……。

「第一、二人とも昨日はあれでいいって言ったんだ。自分の眼で見てわからないなら、これからもあれを本物だと思って満足していればいいじゃないか」

返す言葉もございません。

昨日まで贋作を見抜けず盗難にも気づかなかった美術館の不手際なのは明らかなので、警部もあまり強いことは言えない。

「しかしね、きみは盗まれた絵を見つけると言うが、探せるのかい？」

「少なくとも持って行かれた方法はわかったよ」

警部はまたまた眼を丸くした。

少年はホットプレスサンドに特大ハンバーガーを平らげて、蕎麦粉《そばこ》のクレープに手を伸ばしている。

先に食事を終えた銀髪の少年が説明した。

「絵が展示してある部屋は内装工事をしていました。搬入口の係の方に聞いたのですが、そういう時にはいつも出入りの業者が来るそうです。何年も前からこちらの工事を請け負っている業者だそうですよ」

クレープを片手に金髪の少年が言う。

「内装工事って言うと、壁の塗り替えとか、壁紙を張り替えるとかが一般的みたいだけど……」

「今回はもう少し大がかりな工事だったようですね。壁の質感を変えるとかで、壁一面に新しいパネルを張りつけたそうです」

「縦横二メートル以上ある大きなパネルだったたって。

あんなに天井の高い部屋の壁を全部変えるんだから、それを何百枚も運び込んだ」

「全部は使わなかったので、余った分は持ち帰った。一枚一枚のパネルは薄くても、何十枚も束ねて紐《ひも》で縛ればちょっとした厚みができます。中に絵を一枚隠すくらいは充分です」

銀髪の少年も涼しい顔でとんでもないことを言う。

「二階の警備担当の方が話してくれました。工事の初日に業者の人間が三人、閉館と同時にやってきて、展示室に山ほどパネルを運び込んだと。警備の方はその様子を自分の持ち場から見ていたそうですが、しばらくして部屋から出てきた業者の人間に文句を言われたそうです。絵に触ってもいいのは美術館の職員だけなのに、絵を壁から下ろさなければ作業にならないのに、遅いじゃないかと。これでは仕事が始められないから早く呼んで来てくれと。閉館してまだ十五分足らずだったのに、せっかちな連中だと怒ってらっしゃいました」

「つまり閉館から約十五分間、あの部屋にいたのは業者の人間だけってことだ。今日は工事があるってわかってたから警報装置も切られてたんだろうな」

「壁から絵を外して、パネルの中に隠していた別の絵を壁に掛け、本物はパネルに偽装してしまい込む。その上で警備の方に職員はまだ来ないのかと文句を言う。——なかなか手際がいいですね」

「職員が待ちかまえていなかったのが失態と言えば失態だけど、何年もここに出入りしている見慣れた業者だったわけだから、油断しても仕方ないかもな。ブライト館長は地下の収蔵庫から絵を盗むのは絶対無理だって太鼓判《たいこばん》を押したけど、そもそもあの絵は地下の収蔵庫には入らなかったんだ」

なんてこったいと警部は内心で舌打ちした。

そう聞いたからには早速その業者を調べなくてはならないが、少年たちの話はさらに続いた。

「裏口の門番の方にその業者の連絡先を聞いたので、先程ここから呼び出してみたんですが、通じません。

定休日でしょうか？」

「いいや、きっともうセントラルにはいないはずだ。おれならさっさと高飛びするね」

「絵を持ってですか？」

「それはないな。盗んだ奴と売りさばく奴は別だよ。持って逃げるには大きすぎるし、第一あんなものを抱えてたら捕まった時に言い訳のしようがない」

「ですけど、お金に換えるのも難儀するでしょう。誰もが知っている有名な作品なんですから。これは盗品ですと名札が貼ってあるようなものです」

「だよな。お金持ちも美術品愛好家も大勢いるけど、そういう人たちは表向きの自分の立場も大切にする。盗品だとわかってるものにそうそう手は出さない」

「残念。せっかく盗んでもお金になりませんね」

「いいや、そうでもない。わざわざ別の絵を残して盗難が表沙汰《おもてざた》にならないようにしていったんだ。美術館と取引でもするつもりなんじゃないかな？」

二人の少年は言葉を切って警部を見た。

意見を求めると言うにはあまりにも意味ありげな、微笑を含んだ視線だった。

警察はいらないなと苦笑しながら警部は言った。

「きみたちは将来有能な捜査官になれるぞ」

「警部がここにいるってことは犯人は絵の身代金か何か要求してきたの？」

「いいや、まだだ」

警部が正直に答えると、金髪の少年は頷いた。

「じゃあ、絵が見つかったら知らせてよ。捜してた絵かどうか気になるから」

あくまで見ればわかると言いたいらしい。

グレン警部は穴の開くほど少年の顔を見つめた。

ずば抜けて美しいが、それだけではない。

この顔には刮目《かつもく》に値する何かがある。

なぜだろうとじっくり考えた警部は、この顔には弱さが感じられないからだと気がついた。

あどけないと言うほど幼くはないが確かに少年の顔である。頰《ほお》はふっくらとやわらかく、手足は細く、体つきまで少女のようにしなやかだ。男らしいとはお世辞にも言えないのに、まだまだ未熟な姿なのに、普通ならその未熟さに伴うはずの脆《もろ》さがない。

「わかった。無事に戻ったらきみにも見てもらうよ。ただ、その前に一つ訊かせてくれないか。あの絵はどうしてきみにとって特別なんだ？」

「描かれている天使が友だちにそっくりだから」

「仲のいい友だちかい？」

「もちろん。おれの相棒だよ」

「あいぼう？」

鸚鵡《おうむ》返しに尋ねた警部の声は少し笑っていた。

中学生の少年が口にするには妙な言葉だからだ。

「球技のダブルスを組んでいる仲間のことかな？」

「それは無理だよ。おれは球技はほんとにだめだし、向こうは大学生だから」

「大学生？」

「うん。二十歳になる」

警部はますます首を傾げた。

学校も違う。年齢もいくつも離れている。

普通それだけ歳が違えば運動でペアを組むことも、何かの作業を一緒にすることもありえない。

「それなのに『相棒』なのかい？」

「一番近い言葉で言うとそうなるんだ」

その人のことを話す少年は楽しそうだった。

もっと詳しく聞きたいと思った警部だが、この時、ヒックス刑事が警部を呼びに来た。

その表情と声から察するに何かあったらしい。

立ち上がりかけて警部は思い出したように言った。

「そうだ。絵を見つけたらきみに知らせたいんだが、どこに連絡したらいい？」

「平日なら連邦大学。サンデナンのフォンダム寮」

「連邦大学《ティラ・ボーン》？　じゃあ泊まりで来たのか？」

「ああ、上級生と一緒にね。昨日は市内のホテルに泊まったよ。今日の夕方には帰る予定なんだ」

警部は新たな興味を持って尋ねた。

「すると、きみは二週続けて休日に宇宙船に乗ってセントラルまで来たのか？」

「まあね。ここ、入場無料だから」

「そんなにあの絵が気に入ったのかい？」

「そうだよ。だからどうしても取り戻したいんだ」

ヒックス刑事が何か言いたげに警部の顔を見たが、グレン警部はそれを押さえて少年に笑いかけた。

「おじさんもそう思ってるよ」

少年は呆れたように肩をすくめた。

「警部。何も自分でおじさんって言うことはないよ。まだ若いんだから」

「そうかい？」

「だいたいおれの父親と同じくらいだ」

何気ない一言でぐっさりとどめを刺してくれる。

苦笑しきりのグレン警部はヒックス刑事を促《うなが》して、仕事に戻ったのである。

腹ごしらえを済ませたリィとシェラは、きちんと後始末をして館内に戻った。

こちらも調査再開である。二人とも警部と違って捜査権はないが、美術館のことなら美術館の人間に聞くのが一番手っ取り早い。

二人はさっきも話を聞いた警備員に再び声を掛け、まずシェラが小首を傾げて可愛らしく話しかけた。

「ここで模写する人は大勢いらっしゃいますけど、無断で描いていいわけではないのでしょう？」

「そりゃあそうだよ。許可が必要になる。副館長の甥御さんもちゃんと申請してるはずだ」

すかさずリィがにっこり笑って問いかける。

「今まで誰があの絵を模写したか知りたいんだけど、そういうのってどこかに記録が残ってるのかな？」

リィが本気で自分の外見を利用する気になったら、老若男女を問わずその威力は絶大と言っていい。

はっきり言って無敵である。

この警備員はまだ若い男だった。たちまち相好を崩して、事務局に聞けばわかるよと教えてくれた。

地下の事務局の職員は古株の中年女性だった。

　こちらも天使たちの笑顔にころりと参って記録を見せてくれた。別に閲覧が禁止されているわけではないようだが、予想外だったのは、そこにかなりの人数が記《しる》されていたことだ。

　その控えをもらったリィは女性職員に尋ねた。

「ミセス・エルトンはここで働いて長いの？」

「ええ。創設以来の古株ですよ」

「それじゃあ『暁の天使』を模写した人の中で特に熱心だった人なんて覚えてない？」

「あらあら、困った。そう言われても皆さんとても熱心だし、何しろ大勢いらっしゃいますからねえ」

「ちょっと度が過ぎたような人はいなかった？」

　ミセス・エルトンは反射的に開けた口を閉ざして、考える顔になった。

「心当たりがある？」

「いえね、最近は見ないんだけど、五、六年前までしょっちゅう来てた人がいたのよ」

　模写の希望者は連日のように来るので、いちいち覚えていられないが、あんまり何度も同じ絵ばかり模写を申し込むので記憶に残っているという。

「なんていう人？」

「ごめんなさいね。名前はさすがに覚えてないのよ。それこそ名簿を調べればわかると思うわ。とにかく一番多く名前が載ってる人」

「ありがとう」

　事務局を出た二人は一階のロビーに行き、そこの内線端末で名簿を表示させてみた。

　厖大《ぼうだい》な作品量を誇る美術館の創設以来の記録には、何万という名前が並んでいるが、幸い目標は『暁の天使』とはっきりしている。

　二人が対象者を絞り込んでいると、画架を抱えたディックが二階から降りてきた。

　リィが手を振ると力のない笑顔を浮かべて応え、がっかりした様子で近くの長椅子に腰を下ろした。

「参ったな。また公開中止だって。——これじゃあ提出期限に間に合うかどうかわからないよ」

「副館長に頼んでそっと見せてもらったら？」

「だめ。忙しいって言って会ってくれないんだよ。——参ったな」

もう一度言って、深いため息をついたディックに、リィは興味深げに話しかけた。

「ディックはドミニクって画家が好きなの？」

画学生は眼を丸くした。

「そりゃまあ、そう単刀直入に聞かれると困るけど、嫌いなら模写はしないよ。——なんで？」

「ここに展示されてる他の絵も見てみたんだけど、おかしな絵ばっかりだからさ」

「何だって？」

「『女の肖像』っていう絵なのに、人間に見えない赤と黄色のぐにゃぐにゃしたものが描いてあったり、『青い馬』っていう絵なのに、全然馬には見えない妙な形の四本足の塊《かたまり》が描いてあったりするだろう。あんまり絵の上手な人じゃないのかな？」

ディックは呆気《あっけ》にとられて眼を剝いた。

次に真剣そのものの顔になって首を振った。

「それは違う。正反対だよ。ドミニクはデッサンの天才だった。現実にあるもので彼に描けないものはなかったんだ。残念ながらほとんど残ってないけど、ここにもデッサンが三枚だけあるから見てごらん。線一本だけを見ても本当に素晴らしい。どうすればあんな線が描けるのかと思うくらいだ」

「それじゃあ、どうして残っている絵はあんな変なものばっかりなんだ？」

「変なものって……」

画学生は呆れ顔である。

「そう見えるのはきみが抽象画を好きじゃないから、もしくは見方を知らないからだよ」

「楽しそうに描いてるのはわかるよ。力があるのもわかるんだ。ただ、馬っていうなら、ちゃんと馬に見えるものを描いてもらわないと納得できないだけ。もともと絵の上手な人だっていうなら、何であんなぐちゃぐちゃな描き方をするようになったんだ？」

絶望的な表情で首を振ったディックだった。

　それを言われてしまっては抽象画も過剰現実画も存在意義がなくなってしまう。

「きみにはそう見えるのかもしれないけど、断じて違う。何度も言うけどドミニクはデッサンの天才だ。事実、十代の頃の彼は写生に没頭していたんだから。彼はどんなものでも自在に描けたんだ。そこに存在するものなら、現実にあるものなら何でも。単純にものの形を描くだけじゃないよ。その対象物の質感、存在感、本質まで写し取ることができた。植物なら匂いが感じられそう、動物なら今にも動き出しそう。そんなため息の出そうなデッサンがバリエールには何枚も残ってる。——たぶん、だからじゃないかな。なまじ天才だったから、彼は次第に現実には興味を持てなくなったんだ。二十代の彼はすっぱり具象を止めて、抽象画を描くようになったんだよ」

「それなら『暁の天使』はおかしくない？　あれはおれにもちゃんと人の顔に見えるよ」

「だから、そこが謎なんだよ。ドミニクは若い頃を除けば一度も具象では描かなかったのに。現にあれ以外の作品は死ぬまで抽象画だけなんだ」

「『暁の天使』を描いた後は、一枚もまともな絵は描いてない？」

「まともな抽象画の大作を何枚も残してるよ」

　この少年の認識では、近代抽象画の大家も単なる下手《へた》くそな絵描きで終わってしまいそうで怖い。

「抽象画を描くようになってから九十歳で死ぬまで、基本的に彼の姿勢は変わらない。常に貪欲に新しい表現を求め続け、あふれる情熱を画布に叩きつけた。ただ『暁の天使』だけが例外なんだ」

「……もしかしたら例外じゃなかったのかもな」

　この小さな呟きはディックには聞こえなかった。

　現実にあるものならどんなものでも描けた画家は、やがて現実にはないものに惹《ひ》かれるようになった。

　だから、あの天使を描いたのだ。

　三百四十年前、ルウはまだ生まれていない。

つまり、その時点の現実には存在していない。

間違いなくそこにあるのに、自分の眼はその姿を確かに捉《とら》えているのに、実際には存在しないもの。

幻《まぼろし》でありながら幻ではなく、圧倒的な存在感で視覚に訴え、創作意欲をかき立てるもの。

運命の悪戯でそんな被写体と出会ったとしたら、画家が嬉々《きき》として筆を走らせても無理はない。

「リィ」

シェラが記録をまとめたものを差し出してきた。

一番多い名前はチェスター・ビートン。

「最後に来たのは七年前ですね。それまでの十年で六十二回も『暁の天使』を模写してます」

「ミセス・エルトンが覚えてるわけだ」

リィも呆れてディックに尋ねた。

「ディックは同じ絵ばっかり六十回も模写したいと思う？」

「まさか！　課題でやれと言われても逃げ出すよ」

「だけど実際にやった人がいる。こんなことをやる人ってどんな人かな？」

「その絵によっぽど深い愛着があるか、でなければ、ちょっと頭がおかしいほうだろうな。この世界には珍しくないけど」

「ディックも？」

「ぼくみたいな凡才には常に別の苦悩がつきまとう。さしあたって及第がもらえるかどうかが大問題だ」

ものすごく深刻な表情で言った画学生に、二人は思わず吹き出した。

「落第しないように祈ってるよ」

ディックに声を掛けてリィは立ちあがった。

後に続いたシェラに尋ねる。

「そのビートン氏の住所はわかるか？」

「ええ、載ってます。ヤンセ市。隣町ですね」

「たぶん無駄だと思うけど、一応行ってみるか」

二人が美術館を出たのと同じ頃、シーモア館長は『暁の天使』を盗んだ犯人と交渉を始めていた。

5

「手紙は読んでもらえたようだな」

「きみは誰だ！　『暁の天使』はどこにある⁉」

「ご心配なく。ちゃんとお預かりしている。無事にそちらへお返しする用意もある。しかし、それにはおわかりだろうが、そちらの協力が不可欠です」

この通信は受付から回ってきたものだ。

男の声なのは間違いないが、機械を使って音声を変えている。年齢も人物像も摑《つか》めない。

待機していた刑事たちは発信源を突きとめるべく慌《あわ》ただしく行動を開始していたが、シーモア館長はそんなものはいっさい眼に入っていなかった。

交渉をまとめるのに必死だった。

「要求を言ってくれ。いくら欲しいんだ？」


「それはそちらで決めてもらおう。エレメンタルは『暁の天使』の身代金にいくら出せる？」

シーモア館長は少しも迷わず金額を提示した。

庶民には恐らく一生手の届かない金額を聞いて、ヒックス刑事が恨《うら》めしげに囁《ささや》いた。

「……あんな絵が何でそんなに高いんですかね」

「黙ってろ」

立場上、グレン警部は部下の愚痴《ぐち》をたしなめたが、その気持ちはわからないでもない。

一日でも早く絵を取り戻したい館長が思いきった金額を提示したこともあり、意外に短時間で交渉がまとまったが、問題はそこからだった。

「ツァイス銀行の以下の口座に振り込んでもらおう。入金を確認したら絵の在処《ありか》を教える」

「いや、それは困る。まず絵を確認したい」

「シーモア館長。まさかあの絵を持って移動しろと言うのではないでしょうな？」

「しかし……」

「ドミニクの『暁の天使』を欲しいという人間ならいくらでもいる。我々としても本来なら金に糸目をつけない蒐《しゅうしゅう》集家《か》と取引するのが望ましいのだが、難点は買い手を捜すのに時間が掛かるところでね。だからこちらに連絡したのだ」

シーモア館長は額《ひたい》に汗を滲《にじ》ませていた。

男の言わんとするところは明らかだった。

美術館《エレメンタル》と取引する理由は一にも二にも、蒐集家を捜すより金が早く手に入るから、その一点に尽きる。

その利点を美術館が生かすつもりがないのなら、交渉自体を打ち切ると言うのだろう。

果たして館長が恐れるとおりの言葉を相手は口にしたのである。

「そちらが支払いを渋るようなら話はここまでだ。残念だが、条件を呑《の》んでくれる買い手が現れるのを、ゆっくり待つとしよう」

「ま、待ってくれ！　わかった。送金する！」

「結構。今日中に入金してもらいたい」

さすがに館長も声を荒らげた。

「今日中⁉　無茶だ！　一週間待ってくれ！」

理事会に諮《はか》らなくてはそんな大金は動かせないと館長は訴えたが、相手は聞く耳を持たない。

「『暁の天使』の身代金としては安いものだろう。事情を話せば理事会も理解を示してくれるはずだ。入金を確認すれば絵はすぐにお返しする。明日まで支払われないようなら二度と連絡はしない」

「……わかった。金は払う。だが、『暁の天使』は間違いなく返してくれるんだろうな？」

「もちろんだ。これはビジネスだ。互いに損のない取引をしたい。そちらの最善の選択はただちに送金することだ。そうすれば、あなた方は今日中にも『暁の天使』を迎えに行くことができる」

通信が切れた。

館長はがっくりと肩を落とし、ブライト副館長は青ざめた顔でそんな上司に声を掛けた。

「館長……」

「ブライトくん。聞いてのとおりだ。我々に選択の余地はない」

「それはもちろんです。一刻も早く『暁の天使』を取り戻さなくてはなりません。ですが、本当に絵を確かめもせずに送金するんですか？」

「仕方がないだろう。犯人がこちらとの取引を思いとどまってしまったら『暁の天使』はこの先何年も——ひょっとしたら何十年も、表に出てこないかもしれないんだ。それだけは避けなければならない」

「はい」

頷《うなず》いたものの、副館長は悲痛な顔だった。

「今の我々にはこの犯人を信用するしかないことはわかっています。わたしが懸念《けねん》するのは金を取られ、絵も戻ってこないという最悪の事態です」

「確かに。その危険性は百も承知だが、猶予《ゆうよ》はない。犯人は一刻も早く金を手に入れたがっているんだ」

館長としても苦渋の決断だった。

一方、グレン警部は部下の刑事たちに尋ねていた。

「発信源は？」

「だめです。特定できませんでした」

「よほど性能のいい回避装置を使っているようです。セントラル内なのは確かなんですが……」

惑星丸ごとでは範囲が広すぎる。

犯人が指定した口座名はボー・クインテット。銀行に確認して企業名義ということはわかったが、実態のない幽霊会社の可能性が高い。

「支局に連絡して名義人を調べさせろ」

「無理です。ツァイス銀行ですよ。あそこは顧客の情報は洩《も》らしません」

「人類の文化遺産が掛かっているとなれば話は別だ。何も口座を凍結しろと要求するわけじゃない」

百歩譲って銀行が名義人を教えてくれたとしても、犯人の元までたどり着ける保証はどこにもないが、手を拱《こまね》いているよりはましである。

さらに、あの少年たちの話は正しかった。

エレメンタルの内装工事を一手に引き受けていた

グラスバーン建装という企業が急に会社をたたみ、行方をくらましていることがわかったのだ。

警察の調べでは内装工事が終わった翌日に代表者以下三名の社員がセントラルを出国している。

グラスバーン建装の代表はライアン・ポター。

顔見知りの相手だっただけに、事実を知らされた館長と副館長は絶句した。

「で、では、ポタ—が『暁の天使』を⁉」

「ポタ—が盗んだのは間違いないでしょうが、絵を持って出国したとは思えません。連絡してきた男がセントラルにいるのは確かなんです」

ポタ—は単なる実行犯、連絡してきた男が主犯と見るべきである。

「現在、ポタ—の出国前の行動を調べさせています。誰と接触したかわかれば犯人にたどり着けますが、それには時間が掛かります」

犯人の指定した振込期限は今日いっぱいだ。

選択の余地はない。


シーモア館長は館長権限を持って資金を動かし、犯人の要求通りの身代金を振り込んだ。

館長と副館長にとっては果てしなく長い、緊張の時間の始まりかと思われたが、意外にもその緊張はあっという間に解かれることになった。

犯人からの通信文が届いたからだ。

記されていた住所は何とヴェリタス市内である。

それも住宅街のど真ん中だ。

警察はただちにその場所に急行した。

見届け役としてブライト副館長も同行した。

駆けつけてみると、そこは売り家だった。

こぢんまりとした瀟洒《しょうしゃ》な二階建てで芝生《しばふ》の庭もきれいに整えられている。門には『売り出し中』の札と不動産屋の連絡先が掛かっている。

警察から呼び出しを受けた不動産屋は慌てて鍵を持ってすっ飛んできた。

「ここはいつから売り家になっている？」

「二ヶ月前からですが……」

不動産屋は何が何だかわからない様子だった。

「いったい何なんです。この物件に何か問題でも？　わたしはまっとうな商売をしてますし、前にここに住んでいたのは独身の老婦人で問題を起こすような人じゃありませんよ。まさか死体でも見つかったというんじゃないでしょうね？」

強面のグレン警部は不動産屋の頭の上からじっと見下ろした。特に睨《にら》みつけたわけではないが、まくしたて足りなそうだった不動産屋はそれだけで口をつぐんで小さくなったのである。

「ここ一週間でこの家を見学した客は何人いる？」

「おりません。一人も」

「家の鍵は誰が持っている？」

「わたしの会社に二組あるだけです」

しかし、犯人は鍵は使わなかったらしい。裏口の扉がこじ開けられているのを刑事が発見した。

警報装置はついていないので、不動産屋も今まで気がつかなかったらしい。

ここには何か証拠が残っているかもしれないので、警部は玄関の鍵を開けさせ、そこから中に入った。

清掃が行き届いていて埃臭《ほこり》さは感じない。

室内の家具にもきちんと布が被せてある。

荒らされた気配はなかったが、不動産屋は自分の扱う物件の中に見覚えのないものを発見した。

二階の一室の壁に梱包された大きな平たい荷物が立てかけてあったのだ。

「これは何です？　こんなものはなかったはずだ」

主張する不動産屋にひとまずお引き取りを願うと、グレン警部を始めとする刑事たちは何とも言えない眼でその包みを窺《うかが》った。

価値を知っているだけに迂闊《うかつ》に触っていいものか、手を出しかねたのである。

ひたすら躊躇《ためら》う刑事たちを制して進み出たのは、ブライト副館長だった。

包みに近づく足取りが心なしか震えている。

ほとんど喘《あえ》ぐような声で言った。

「わたしが開封します……」

荷物の前に膝《ひざ》をつき、うまく動かない指を懸命《けんめい》に動かしながら、梱包された包みを解いていく。

中から現れたのはまさしく『暁の天使』だった。

美術館に残されていた贋物《がんぶつ》と寸分の違いもない。

息を詰めていた副館長が吐息を洩らすのを聞いて、グレン警部は身を乗り出した。

「本物ですか?」

もっと喜びを爆発させるかと思いきや、副館長は慎重だった。苦悩の表情で首を振った。

「ここでは何とも言えません。スタイン教授に見ていただかなくては……」

安堵《あんど》と疑念の複雑に入り交じった口調で言うと、副館長は厳しい顔で刑事たちを振り返った。

「本来なら専門の搬入業者に依頼する仕事ですが、事情が事情です。皆さん、手を貸してください」

こんな恐ろしい荷物にはさわりたくないのだが、そうも言っていられない。


急遽《きゅうきょ》、大型車が呼ばれた。

再び梱包されたその絵はへっぴり腰の刑事たちの手によってエレメンタルに移送されたのである。

地下の研究室ですぐさま科学鑑定が開始された。

画布はカーマンディの六五〇年製。

絵の具は同年代のクレープス。

さらに絵の左上部、木枠に止めた画布の一部に、細く切り取られた部分があるのを職員が発見した。

捜すようにと館長が指示したからだが、果たしてその切られた部分は、館長が受け取った封筒の中に入っていた切れ端とぴったり一致した。

盗難を知らされていない一般職員はいったいいつこんな切れ込みが生じたのかと驚いていたが、あの切れ端がこの絵から切り取られたのは間違いない。

大いに安堵したシーモア館長とブライト副館長がやっと愁眉《しゅうび》を開こうかという時、スタイン教授が息せききって駆けつけてきた。

「教授! お待ちしておりました」

「いかがですか？」

シーモア館長とブライト副館長が、すがるような眼を教授に向ける。

「本物だ」というお墨付《すみつ》きを待ってのことだった。

スタイン教授は半生を通して愛し抜いてきた絵を無言で凝視していたが、呻《うめ》くように言った。

「……贋物には、見えんが」

「おお！」

シーモア館長とブライト副館長が歓声を上げたが、教授は難しい顔で続けた。

「安易な断定は禁物だ。詳しく調べる必要がある」

一度騙《だま》されているせいだろう。教授は慎重だった。

職員が今までに調べた資料を厳しい眼で再確認し、自分だけが知っている染みや他の特徴を突き合わせ、さらに新たに絵の具の鑑定を指示した。

画家にはそれぞれ配色の癖《くせ》というものがある。

肌色一つとっても画家によってつくり方が違う。

スタイン教授は『暁の天使』に関するドミニクの癖を誰より熟知している人間だが、いかなる方法で試しても本物の『暁の天使』と同じ結果が出る。

ならばこれは真作であると判断するのが妥当《だとう》だが、スタイン教授の表情は何故か晴れない。

険《けわ》しい眼で絵を見つめてじっと佇《たたず》んでいる。

グレン警部がそんな教授の背中に話しかけた。

「前の時は画布の年代が違ったのでしたな」

「そうだ」

「これはすべての条件を満たしているわけでしょう。なぜ真作だと断定なさらないんですか？」

「真贋の鑑定とは微妙なものなのだよ、グレン警部。その鑑定法にもさまざまあるが、わたしはもっとも大切なのは第一印象だと思っている」

「科学的な証拠ではなく？」

教授は皮肉な表情を浮かべて振り返った。

「警部。わたしはこれでも警察関係に知人がいてな。おもしろい話を聞いたことがある。あらゆる証拠がその人物を犯人と示しているのに、科学的な根拠は充分なのに、取り調べている刑事だけがどうしても納得がいかないという。同情からの言葉ではないぞ。自分でも理由はわからないのだが、どうしても腑《ふ》に落ちないと言うのだ。彼が犯人とは思えないのだと。それを勘という言葉で片付けてしまうのは簡単だが、刑事とは数え切れないほどの事件と犯人を見てきた犯罪の専門家だ。その経験が自分でも説明できないわずかな違和感を捉《とら》えたとしても不思議はあるまい。科学捜査も大事だが、わたしの知人はこうした勘を蔑《ないがし》ろにすることは危険なのだと話してくれたぞ」

グレン警部は苦笑して頭を下げた。

「おっしゃるとおりです」

スタイン教授は再び絵に視線を戻した。

科学鑑定ではすべて真作と出ているにも拘《かか》わらず、その顔に刻まれた皺《しわ》は深さを増しているようだった。

「この絵は贋作には見えん。限りなく真作くさいと言ってもいいのだが……」

「決定打に欠ける？」

教授は答えない。厳しく唇《くちびる》を引き結んでいる。

グレン警部は小さな吐息を漏《も》らした。

「そういうことでしたら、わたしも独自の鑑定法を試してみようと思います」

美術には素人《しろうと》のはずのグレン警部の発言に教授が驚いて振り返る。

「何をするつもりだ、警部？」

「一つ約束したことがありますのでね」

リィとシェラは夕方に宇宙港で他の生徒と合流し、定期船《ディンガ》に乗り込んでいた。

定刻通りに出航した《ディンガ》はセントラルの軌道上で待機しているところだった。

跳躍に使うショウ駆動機関《ドライヴ》は、安定した宙域ならいつでもどこでも使用可能だが、定期船には最寄り港の航宙管制に従う義務がある。

《ディンガ》も跳躍許可が降りるのを待っていたが、やがて管制から届いたのは予想外の停船指示だった。

あれよあれよという間に連邦警察の巡視艇が接舷、船内には突然の放送が流れたのである。

「――お客さまのヴィッキー・ヴァレンタインさま。恐れ入りますが搭乗口までお越しください」

旅客船と違って一定の距離を往復する定期便では、乗客は全員、決められた座席に着いている。

近くにいた生徒たちが驚いてリィを振り返った。もちろんリィ自身が呆気《あっけ》にとられた。

何事かと思いながらも席を立ち、搭乗口へ行くと、緊張した顔の搭乗員の横に、後から移乗してきたと一目でわかる男二人が待ちかまえていた。

「グレン警部の指示で迎えに来た」

「連邦警察のものだ。一緒に来てもらいたい」

「はあ?」

眼が点になるとはこのことだ。

恐ろしいことにそのために船を止めたらしい。

「急に言われても困るよ。この船で帰らないと寮の門限に間に合わないいんだから」

「寮には既に連絡済みだ」

「用が済んだら今夜中に連邦大学まで送り届けると約束する」

さすがは国家権力である。手回しのいいことだと感心しながら、リィはあっさり頷いた。

「わかった。それなら一緒に行く」

一度座席に戻ったリィは『警察が何か用事があるみたいだ』とシェラに断って巡視艇に乗り移った。

飛び立ったばかりのセントラルに再び着陸する。

入国手続きはもちろん省略だ。さらに警察車両に乗せられた。警部がどんな説明をしたか知らないが、車は法定速度を遥かに超える速度を発揮《はっき》して、一路エレメンタルに向かったのである。

リィは眼を丸くして、飛ぶように過ぎ去る景色を眺《なが》めていた。

「無茶するなあ……」

呆《あき》れながらも楽しそうな口調である。

グレン警部はエレメンタルの入口で待っていた。

車を降りるリィを見て笑って近づいてくる。

「急に呼び戻してすまなかったね。平日に中学生を呼び出すよりはましだと思ったもんだから」

「何かあった？」

「ああ。とにかく来てくれないか」

リィはおもしろそうな眼で、大きな身体の警部を見上げると、その後について歩き出した。

閉館後のエレメンタルは昼間と違って、がらんと静まり返った雰囲気である。それでも清掃の人間や営繕の人間が働いていて、彼らは金髪の少年を見て、驚いたように手を止めた。

警部は地下の研究室にリィを案内した。

そこにはスタイン教授の他に副館長も館長も顔を揃《そろ》えていたが、やはり少年の姿を見て驚いた。

特にシーモア館長はそうだった。

館長にとっては初めて見る顔である。

そもそもこの研究室にこんな子どもが入って来ること自体、極めて異例だ。

「何です、この少年は？」

露骨《ろこつ》に訝《いぶか》しげな眼を向けたシーモア館長とは逆に、スタイン教授は呆れ果てた表情を隠せないでいる。

「グレン警部……正気かね？」

スタイン教授にはこれからグレン警部がやろうとしていることはひどくばかげて見えるのだろうが、警部はかまわなかった。

リィを見下ろして笑いかけた。

「見つかったら見てもらう約束だったろう？」

警部の合図で、二人の刑事が売り家で見つかった絵を運んできた。

スタイン教授が真贋つけがたいと判断した絵だが、二人の刑事はそんなことは知らない。億単位の絵を持たされている緊張のあまり、手袋をはめていても顔が引きつっている。

グレン警部は少年の顔をじっくりと窺っていたが、天使のような美貌《びぼう》には驚きも感動も浮かばない。

それどころか、どうして呼ばれたのかわからない表情で警部を見上げてきたので、グレン警部は逆に苦笑する羽目になった。

「どうだい？　きみの捜していた絵だろう」

そこまで言ってやると、少年は眼を丸くした。

「これが？　ううん。違うよ」

スタイン教授が飛び上がった。

全身をわなわな震わせ、焦《あせ》りと怒りと深い絶望に染まった顔で喚《わめ》いた。

「が、贋作だというのか⁉　何を根拠に！」

「そんなのは知らないってば。ただ、この絵は違う。ドミニクって画家が描いた『暁の天使』じゃない」

人はそれを立派な贋作と言うのである。

グレン警部も深い吐息を洩らした。

「ヴィッキー。これは大事なことだ。よく見てくれ。本当に間違いないのか？」

「よくも何も見れば一目でわかるよ。なんでこんな絵を出して来たのかと思ったけど……」

少年はちょっと呆れたように言ったものだ。

「どうしてこれとあれが同じ絵に見えるのかなあ？　くれるって言われてもこれならいらないよ。おれの欲しい絵じゃないから」

ブライト副館長も一瞬で蒼白《そうはく》になっていた。

衝撃に戦慄《せんりつ》しながらも目一杯の勇気を奮《ふる》い起こし、平然としている少年に恐怖の形相で詰め寄った。

「きみの欲しい絵というのは……先週ここに来た時、二階に展示してあった『暁の天使』のことか？」

「そうだよ。おれは昨日もそう言ったはずだけど、聞いてなかった？」

「聞いた。確かに聞いたよ。そしてこの絵は……」

副館長は震える指先で刑事たちが持っている絵を指し示した。彼としては決して間違いのないように確認しなくてはならなかったのだ。

「この絵は……きみが先週見た絵ではない？」

「だから、さっきからそう言ってるのに。ほんとに何回同じことを言わせれば気が済むのかな？」

苛立ち混じりの声で言うと、リィは警部の大きな身体を見上げて肩をすくめた。

「もう帰ってもいい？」

「ああ。充分だ」

スタイン教授とブライト副館長は血の気を失って立ちつくしていたが、シーモア館長は違った。

血相を変えて見知らぬ少年を罵倒《ばとう》した。

「待て！　待ちたまえ！　ふざけるにも程がある！　こんな子どもに真贋の見極めができるはずがない！　肉眼で見ただけで何がわかると言うんだ！」

「シーモア館長……」

子ども相手に声を荒らげる館長を、グレン警部がそっとたしなめたが、少年はびくともしなかった。

緑の瞳《ひとみ》が皮肉に輝き、薔薇色《ばらいろ》の唇が大人顔負けの不敵な笑みをつくる。

「おかしなことを言うもんだ。絵っていうのは普通、眼で見て楽しむもんじゃないのか？」

「な、なに？」

「自分の眼で見て、以前の絵と同じだと思うんなら、これを『本物』だと信じて、また二階に飾ればいい。どうせ誰にも見わけがつかないんならなおさらだ」

ぐさっと、見えない矢が専門家三人に突き刺さる。

お気の毒に――と、グレン警部が他人事《ひとごと》のように考えていると、少年は忌々《いまいま》しげに舌打ちした。

「だけど、おれは違うぞ。この絵じゃとてもとても満足できないね。天使がまるっきり別人なんだから。――シーモア館長」

「な、なんだ？」

「こっちの二人には昨日、断ったけど、先週ここにあった絵を見つけたらおれがもらうよ」

「な、な、何だと⁉」

あまりのことに度肝《どぎも》を抜かれた館長だが、リィは無情に続けたのである。

「文句は受けつけない。ここにいる人はみんなあの絵がわからないんだから、それが順当ってもんだ」

幽霊のような顔色になった三人をその場に残して、リィはさっさと背を向けた。

グレン警部はすかさず大きな足取りで後を追い、少年と並んで出口へ向かって歩き始めた。

「おかげで助かったよ」

「スタイン教授はあれが本物だって言ったの？」

「いいや、どちらとも確信は持てないというご意見だった。それできみに見てもらおうと思ったんだ」

リィはあらためておもしろそうな顔になった。

使えるものなら自分のような子どもでも使う。

連邦警察の警部としてはその姿勢は異例だろうが、こうした型破りはリィには好ましく映るものだった。

「犯人から第二の連絡は？」

「今のところない」

「それじゃあ、交渉を成立させたかったのかな？」

グレン警部は興味津々《しんしん》の眼つきで隣を歩く華奢《きゃしゃ》な姿を見下ろした。

「犯人がスタイン教授の眼を騙し通せると期待して、あの絵を寄越したと思うのかい？」

「そうだとしたら警部はどうする？『ふざけるな、本物返せ』って伝言《メッセージ》を出す？」

「……そうだなあ。そうしないといけないだろうな。美術館は何が何でも本物を取り戻したがってる」

「だけど、こっちから告知を打ったらまた騙されて、何度でも身代金を取られかねない」

打てば響くように言葉が返ってくる。

思わず苦笑した警部だった。

頭のいい子だと思った。部外者に捜査方針を話すわけにはいかないが、この少年に嘘《うそ》は言いたくない。

言ったところで即座に見抜かれそうな気すらする。

「次に犯人と取引する時はシーモア館長も用心して、金を払う前に絵を確認したいと言うはずだ」

「当然だろうね」

「その時はまた来てくれるかい？」

少年は眼を丸くして吹き出した。

足を進めながら楽しげに声を立てて笑っている。

「とことん無茶言うなあ。連邦警察の人ってみんなグレン警部みたいに変わってるのかな？」

「そんなに変なことでもないだろう？　きみは今のところ唯一あの絵を見分けられる人間なんだから。協力してくれると助かる」

「そりゃあ行きたいけど、学校は？　おれの美術の実力を知ってる先生は警察に頼まれて絵を鑑定しに行くって言っても絶対信用しないよ」

警部はちょっと声をひそめて尋ねた。

「そんなに……芳《かんば》しくない成績なのか？」

「美術っていう専門の科目は取ってないよ。単位が取れないのはわかりきってるから。必須科目の中に時々美術関係の話が出てくるんだけど、それだけでもうお手上げなんだ」

そんな少年があの絵だけはわかるという。

横顔を見せて微笑《ほほえ》む天使が友だちにそっくりだという理由でだ。

少し沈黙して、警部は言った。

「きみの天使の名前を訊《き》かせてくれるかい？」

「ルーファス・ラヴィー。サフノスクの構造学科に在籍してる」

「きみはその彼のことを相棒だと言ったね？」

「それがどうかした？」

「どうもね……きみのような中学生が口にするのはちょっと不思議な気がするんだよ」

曖昧《あいまい》な口調の警部に、少年は逆に質問した。

「グレン警部には相棒はいないの？」

「昔はいたよ。今は代わりに部下がいるが、当時はどんな捜査も相棒と二人で取り組んだもんだ」

懐かしそうな口調で言って、警部は話を続けた。

「だからなおさら不思議でね。相棒というからには、きみとその人は何を一緒にやっているんだい？」

リィはちょっと驚いて警部を見た。

こういう質問をされたのは初めてだった。

「学校も違う。年齢も違う。きみくらいの歳の子が年上の少年に憧《あこが》れるのはわかるが、それにしたって、相棒とは言わないだろう？」

「そんなの……考えたことなかったな。何を一緒にやっているか――か」

　金髪の少年は意外にも真剣な顔になった。

　立ち止まりこそしなかったが、明らかに足取りが遅くなった。質問の答えを捜しているらしい。

　警部も合わせて歩調を緩《ゆる》めた。

　何しろ広い館内なので、出口はまだまだ先である。

　少年はやがて得心したように頷いた。

「そうだな。たぶん、おれたちは生きるってことを一緒にやってるんだよ」

「何だって？」

「どちらか片方が欠けたら『何か』が成り立たない。警部の場合は捜査で、球技なら試合だ。おれたちの何かは『生きること』だ。おれもあいつも一人だと生きられなくなる。そういうことだと思う」

　警部は慌てて言った。

「ちょっ、ちょっと待った。彼は大学生だろう？」

「そうだよ」

　何か問題が？　と言いたそうな眼で見つめられて、グレン警部は大いに焦った。

　早合点は危険だと自らに言い聞かせても、何しろ、これだけの美少年である。二十歳の青年ともなれば中学生よりは遥かに分別が備わっているはずだが、世間で言えばまだまだ未熟者の歳だ。

　もし警部の危惧《きぐ》が当たっているなら、これは到底捨て置けないが、下手《へた》に騒ぎ立てるのもまずい。

　当面の問題も忘れて真剣に対策を検討していると、少年が唐突《とうとつ》に口を開いた。

「犯人は現金を要求してきたの？」

「いや、振り込みだ。恐らく偽名だろうな」

「銀行と口座の名義は？」

「ヴィッキー。それは教えられないよ」

　警部は笑って躱《かわ》そうとしたが、あいにく、それで大人しく引き下がるような相手ではない。

「非公式でも捜査に協力を求めるっていうんだから、そのくらいは妥協してほしいな。どうせ名前だけの口座だろう。教えても捜査に影響はないはずだよ」

「困ったな。そういうわけにはいかないんだよ」

「教えてくれたら、おれも情報を提供する」

「おやおや、何を知ってるんだい？」

口調ではふざけていたが、警部は今までとは違う鋭い眼で少年を見た。

だが、宝石のような緑の瞳はそれ以上に鋭かった。

「そっちが先だ。銀行と口座名は？」

「………」

「自分の手持ちの札《ふだ》は一切《いっさい》見せずにこっちを好きに使うのは協力を求めるとは言わない。利用するって言うんだぞ。──警部はおれを利用する気か？」

これが本当に中学生の少年の顔かと思う。

あくまでも静かに、あくまでも厳しく、こちらを弾劾《だんがい》する少年に警部は本心からの苦笑を浮かべた。

捜査状況を部外者に洩らすことはもちろん規定で禁止されている。

しかし、それを言うなら連邦警察の名前を使って定期便を止め、少年を連れ戻したことが既に立派な規定違反だ。

今の警部にとって最優先されるものは絵の回収で、そのためにはこの少年の協力が不可欠である。

教えたところで、こんな少年に銀行の守秘義務を突破できるはずもない。確かに話しても害はない。

「ツァイス銀行のボー・クインテットだ」

「チェスター・ビートンって人を調べてみるといい。十年間で『暁の天使』を六十二回も模写してる」

グレン警部の眼がきらりと光った。

「ほう？」

「スタイン教授の様子からすると、あの絵はかなりよく描けてるらしい。本物はここにあったんだから、ここに来て描くのが一番手っ取り早い」

「しかし、それだけじゃ決め手に欠けるよ。単なる熱狂的なファンかもしれないぞ」

「そう思ったから確認してきた」

「はあ？」

「七年前まで隣のヤンセに住んでたんだよ。今日の昼に行ってみた。今にも崩れそうな集合住宅だった。そこに二十年前から住んでるって人に聞いてみたら、ちょっと様子のおかしな三十歳くらいの痩《や》せた人で、自称絵描きだったたって。画家の再来だとか生まれ変わりだとか、結構本気で言ってた、あぶない奴だったたって」

今度は眼を剝《む》いたグレン警部だった。

「さっぱり絵が売れないからすごい貧乏で、家賃もろくに払えなくて、いつも大家さんと揉《も》めてたって。そのせいで追い出されたのって訊いたら、違うって。二年分くらいたまってた家賃を突然きれいに払って、意気揚々と引っ越していったから、よっぽど気前のいいパトロンがついたんだろうって、運のいいへぼ絵描きだって、その近所の人は言ってた。だけど、才能を見出《みいだ》されたんなら今はそれなりに絵が売れていなきゃおかしいのに、チェスター・ビートンって画家の名前はセントラルのどこの街でも聞かれない。できる範囲で調べてみたけど出国記録も残ってない。彼は七年前から完全に行方不明なんだ」

先程の迫力はどこへやら、リィは再び悪戯《いたずら》っぽく微笑して警部を見上げたのである。

「ビートンが夜逃げしたっていうんなら、この線は消えるけど、正体不明のパトロンはいかにも怪《あや》しい。十中八九、あの贋物を描いたのはビートンだろうな。『暁の天使』を上手に模写することを知った誰かがビートンを匿《かくま》ったんだ。当時のビートンは現代の絵の具と画布で模写してたはずだから、それじゃあ専門家の手に掛かったらすぐに贋物だと見破られる。だからどこかに匿って、三百四十年前にドミニクが使っていたのと同じ絵の具と画布を与えて描かせた。六十回も描いていれば本物を見なくてもそっくりに描けるようになってただろうしね。もちろんこれはただの想像だけど、ひょっとしたら、今回の盗難は七年前から計画されていたのかもしれない」

開いた口がふさがらないとはこのことだ。

呆気にとられた警部に「じゃあね」と手を振って、

少年は軽やかな足取りで美術館を出て行った。

ヒックス刑事が慌ててやって来て、立ちつくしたグレン警部に声を掛けた。

「下では大騒ぎですよ。あれが贋物なら犯人はまた身代金を要求してきますかね？」

警部はまだ茫然《ぼうぜん》としていた。頭を抱えて呻いた。

「……警察の仕事を全部先取りされてるぞ」

「は？」

ただの想像どころか最有力の手掛かりではないか。

これを追わなかったらそれこそ怠慢と言われても反論できない。明日からの捜査方針を定めた警部は、早速ヒックス刑事に詳しい指示を与えたのである。


玄関先で待っていた車に乗り込もうとしたリィは、ふと視線を感じて振り返った。

臨時に明かりのついているホールにグレン警部とヒックス刑事が立って話しているのが見える。

視線の主はその手前、たった今、リィ自身が通り過ぎた玄関にいつの間にか立っていた。

逆光でよく見えないが、中年の男性のようだった。

もの言いたげにじっとこちらを見つめているが、近づいてくる様子はない。

首を傾《かし》げたリィに運転手が尋ねてくる。

「乗らないのかい？」

「——ちょっと待って」

運転手に声を掛けて眼を戻した時には、そこにはもう誰もいなかった。

見事なくらいの消え方に何だか変な感じがしたが、深くは考えずにリィはそのまま車に乗った。

6

　ヴァレンタイン卿がセントラルにやってきたのは、当初からの予定であり、公用でもあった。

　州知事の卿は国家間の交渉をする立場にはないが、地方都市による国際交流会議が今回はセントラルで開かれたのである。

　補佐官のハモンドとともに入国して会議に出席し、その後は懇意《こんい》にしている他星の地方都市の代表らと私的な晩餐会《ばんさんかい》の予定だったが、会議の終了と同時にハモンドが卿に近寄って囁《ささや》いたのだ。

「連邦警察の方がお見えです。ぜひとも卿にお目にかかりたいとおっしゃっています」

「何だって？」

　会議のためにセントラルを訪れたのに何故警察が会いに来るのか、不審に思いながらも行ってみると、恐ろしく大きな、しかし物腰の穏やかな男がいて、愛想のいい笑顔で名乗った。

「突然お邪魔して申しわけありません。連邦警察のマンフレッド・グレン警部です」

「警察の方がわたしに何のご用ですか？」

「いえ、今日は卿ご自身ではなく、ご長男のことでお話があって参りました」

　卿の顔色がさっと変化した。

　かねてから問題の多い長男だが、とうとう警察の（しかも地元ではなく、連邦警察の！）厄介《やっかい》になるようなことをしでかしたのかと思ったのだ。

「ベルトランまで伺《うかが》わなければならないかと思っていましたが、卿がこちらへいらっしゃるとのことでちょうどよかった。少しお時間をいただけますか」

　いやだなどと言えるはずもない。

　会場になったホテルに一部屋を用意してもらって警部を通すと、卿はその部屋にお茶を運ばせた。

警部をもてなす意味もあったが、何より卿自身が落ち着かなければならないと思ったからだ。

グレン警部も変な遠慮などせずにお茶を含むと、さっそく本題に入った。

「ヴァレンタイン卿は、エレメンタル美術館にある『暁の天使』という作品をご存じですか？」

居ても立ってもいられないとはまさに現在の卿の心理状態を表すための言葉だろう。

心臓が身体から飛び出すのではないかと思ったが、顔ではにっこり笑って答えていた。

「ええ、知っていますよ。有名な美術品ですから」

「くれぐれもご内聞に願います。その『暁の天使』がエレメンタルから盗まれました」

眼の前が一瞬、真っ暗になった。

足元が崩落しそうな気がしたが、そこは卿も長年政治家として訓練を積んだ人間である。

顔だけはとことん冷静に頷《うなず》いた。

「驚きました。大事件ですな」


口では答えながらも、その時の卿の心境は、

（エドワード！　なんてことを‼）

この一語に埋め尽くされていたと言っていい。

息子の犯した罪の重さに父親が戦慄《せんりつ》しているとは露《つゆ》知らず、グレン警部は淡々と話を続けている。

「世間に及ぼす影響も考えて公表は控えています。あの絵が盗難に遭《あ》ったことを知ったら共和宇宙中の蒐集家《しゅうしゅうか》たちが眼の色を変えて獲得に走るでしょう。そうなれば二度とエレメンタルには戻りますまい」

「確かに……盗品ばかりを扱う闇《やみ》市場があることは、わたしも知っています」

かろうじて言った。何とか長男から警部の注意をそらさせようという必死の親心である。

しかし、警部は当然のことながら、そんな努力は理解していなかった。あらためて身を乗り出した。

「美術館は現在、犯人と密かな交渉を続けています。そこで問題が生じました。この犯人は専門家でさえ真贋《しんがん》の見極めに悩む精巧な贋作を用意しております。

現にドミニク研究にかけては第一人者である教授も判断に迷ったくらいですが、その窮地《きゅうち》をご子息が救ってくれました。一目で贋作と見抜いたのです」

「まさか」

　これには思わず笑ってしまった卿だった。

「何かの間違いでしょう。息子は美術や芸術品にはまったくと言っていいほど興味を持っていません。当然、詳しくもないはずです」

「はい。ご子息もそう認めています。美術に対する自分の知識はお世辞にも誉《ほ》められたものではないと。ただ、『暁の天使』に関してだけはどういうわけか審美眼が働くようです。あの絵なら見ればわかると、ご子息は自信満々ですよ」

　それはいつものことです――とは言わなかったが、こと美術となると、お世辞にも長男の得意分野ではないはずだと知っているだけに卿としてもひたすら首を傾《かし》げるしかない。

「そこでお願いに上がりました。あくまでも今後の状況次第の話になりますが、必要とあればご子息を捜査にお借りする許可をいただきたいのです」

　この言葉が卿の頭に染みこむにはしばらく時間がかかった。理解に至るまではさらに長い時を要した。

　ついに顔中に疑念を浮かべて卿は訊《き》いた。

「……本気でおっしゃっているんですか？」

「もちろんです。言うまでもありませんが学業への影響は最小限に留めるように心がけます」

「わたしにお話とは、そのことで？」

「はい。ご子息は十三歳です。保護者の卿に無断で捜査に協力してもらうわけにはいきません」

　大きな安堵《あんど》の息を吐いた卿だった。

　恐れていた最悪の事態は免《まぬが》れたらしい。

　どこの誰かは知らないが、先に絵を盗んでくれた犯人に感謝したいくらいだった。

　緊張から解放された卿はようやく微笑を浮かべて、警部に質問したのである。

「そのお話は息子にはなさいましたか？」

「行けるものなら行きたいと言ってくれましたよ。学校の理解が得られないことを心配していましたが、それはわたしが責任を持って説得します」

「息子がいいというのであれば、わたしは反対するつもりはありません。――しかし、あの子が本当にそんな捜査に役に立ちますか？」

どうしても信用できずに疑問の表情で言う父親に、警部は苦笑した。

「そこでもう一つ卿にお尋ねします。ルーファス・ラヴィーという名前にお心当たりは？」

卿ははっきり顔をしかめた。

「もちろん知っています。――あれが何か？」

「ご子息とかなり親しい間柄《あいだがら》のようですが……」

「ええ、まったく忌々《いまいま》しいことにね」

吐き捨てるような口調を聞けば、卿がその人物に好意を持っていないと判断するには充分である。

「では、その人物とご子息の交際を卿はどのように考えていらっしゃるのですか？」

「どうもこうも、苦々しく思っていますよ」

「――それだけですか？」

「わたしとしてもできるものなら息子に近づくなと言いたいところですが、言っても意味がないのです。息子はあれの言うがままですのでね」

グレン警部は次第に表情を険《けわ》しくしていた。

もともと人好きのする微笑と穏やかな物腰で強面ぶりを中和させている警部だが、そうした表向きの飾りを引っ込めて表情を引き締めると、意外なほど厳しい警察官の顔が現れる。

そうなると身体が大きいだけに大変な迫力だ。

「あなたはそれを放置していらっしゃる？」

「あんなものとはつきあうなと息子に言いたいのはやまやまです。実際口を酸っぱくして言いましたが、聞こうともしません。腹立たしい限りです」

「――それだけですか？」

二度同じことを繰り返した警部に、さすがに卿も訝《いぶか》しげな顔になった。

「グレン警部？」

「ヴァレンタイン卿。ご子息は、その人がいないと生きていられないとわたしに言いました」

「はあ。そのくらい言うかもしれませんな」

「彼がいないと生きていけない——映画や小説ではよく見かける文句です。現実でもしばしば聞きます。しかしですね、わたしは恋愛中の女性の口以外から、この言葉を聞いた覚えはないんですよ」

ここまで話しても卿には警部が何を言わんとしているのかわからないらしい。きょとんとしている。

警部は内心、やれやれと嘆息《たんそく》した。

一目見た途端、まるで似ていない親子だと思った。

その上こうした問題にここまで鈍感ということは、息子に愛情を感じていないのか、もしかしたら実の父親ではないのかとまで疑った。

それならそれで、はっきり言わねばなるまい。

「ご子息は中学生ですが、恋をするのは自由です。たとえ相手が同性でもね。しかし、大学生となると、温かく見守るというわけにはいかないでしょう」

ヴァレンタイン卿は絶句した。

やっと警部が何を言いたいかわかったのだ。

気づいた卿は大いに焦《あせ》った。初対面の——それも警察の人間に誤解を与えるような言い方をしたのは他ならぬ自分である。慌《あわ》てて訂正した。

「これは失礼しました。わたしの言いようが適切でなかったようですね。お詫《わ》びします。確かにあれの——ルウの存在はわたしにとって好ましいものではありません。それは認めます。認めますが、息子とルウとはそういう間柄ではないんですよ」

「断言できますか？」

「もちろんです。家族ぐるみのつきあいですから。妻も子どもたちもルウが来ると大喜びなんです」

警部は眉《まゆ》をひそめた。

はっきり言って一番危険なパターンだ。

子どもたちも懐いていた近所の優しいお兄さんが下の娘に悪戯《いたずら》していたなどという例は珍しくない。

グレン警部は決してお節介な性分ではなかったが、眼の前で行われようとしている犯罪を見逃すような事なかれ主義でもない。防げる犯罪なら未然に防ぐ。そうした正義感は人一倍持っている人間だった。

「ご子息は十三歳。一方、相手は成年に達している。この組み合わせでは、ご子息の合意の上でも一線を越えてしまえば明確な犯罪となります。その危険を避けるためにも保護者のあなたには接近禁止命令を出す権限がありますが、それはお考えでない？」

「グレン警部……」

ヴァレンタイン卿は途方に暮れた。

思案の末、相手に向かって軽く頭を下げた。

「まず、そこまで息子を心配してくださることにはお礼を申し上げます。ですが、わたしの優柔不断と監督不行届を責めるのは筋違いです。息子は確かにルウを慕《した》っています。愛情も感じているでしょうが、世間で言う恋愛感情でないことだけは確かです」

「本当にそれを確信していらっしゃる？」

警部の声にはわずかに同情の響きがあった。この父親は子どものことを何にも知らないいんだなという、あの哀れみにも似た感情である。

それはもちろん卿にも感じ取れたが、卿は警部の思いこみに逆に微笑して、やんわりと言った。

「お断りしておきますが、子どもの実態を知らない父親の思いこみでないことにも自信がありますよ」

「マインドコントロールを受けている可能性は？」

危うく椅子から転がり落ちるところだった卿だが、かろうじて踏みとどまる。

呆《あき》れ果てた眼を向けるも、相手は真剣そのものだ。

「グレン警部……失礼ですがそれは、いかに何でも想像力が豊か過ぎはしませんか？」

グレン警部は真顔で首を振った。

「残念ながら、そうした実例はいくらでもあります。卿がおっしゃるように二人の間に恋愛感情がないとしたら、彼がいないと生きていけないという言葉は狂信的な宗教心の現れとしか受け取れませんのでね。

ましてやご子息はあれほど素直な愛らしい少年です。無垢《むく》で幼い魂《たましい》ほど感化されやすいのです」

「無垢で、幼い……ですか?」

声が裏返ったのは卿のせいではない。

笑いの発作を抑えるのに必死だったからだ。

うちの長男を表現するのにそりゃあないでしょう、どこか他のお宅のお子さんと間違えてませんか、と本気で訊きたかったが、それを言ったら角《かど》が立つ。

痙攣《けいれん》する腹筋と懸命《けんめい》に戦って何とか抑え込むと、卿はさて、梃子《てこ》でも動きそうにない大型犬のようなこの警察官になんと言ったものかと思案した。

グレン警部言うところの『無垢で幼い魂』の主は再び《パラス・アテナ》を呼び出していた。

『暁の天使』が盗まれたと告げた時の船長の反応はヴァレンタイン卿とまったく同じ。

「おまえ、ほんとにやっちまったのか⁉」

眼《む》を剝いて叫んだケリーにリィは唇《くちびる》を尖《とが》らせて言い返した。

「人聞きの悪いこと言うなよ。——やってないよ。その前に誰かが贋物とすり替えたんだ」

「その誰かに荷担してるんじゃないだろうな?」

「してないってば！　信用ないなあ……」

「そりゃあ普段の行いが行いだからだ」

決めつけられて、リィはますますふくれた。

「まったくもう……この海賊さんは話にならないな。ダイアナ、出てきてくれないか?」

たちまち通信画面に若い金髪美人が映る。

「わたしをご指名なんて嬉《うれ》しいわ。なあに?」

「銀行口座から相手の身元を特定できないかな?」

「お安いご用よ。それってエレメンタルが身代金を振り込んだ口座かしら?」

「当たり。ツァイス銀行、ボー・クインテットだ」

教えても害はないと判断したグレン警部だったが、とんでもない誤りだった。

宇宙空間を飛びながら、ダイアナは鉄壁の防備と忠誠心を誇るツァイス銀行の総合管理脳をたちまち攻略してしまい、極秘情報を聞きだしたのである。

「株式会社ボー・クインテット。口座開設は三年前、創業は九五四年、所在地は惑星アクルス。ちゃんと活動している会社みたいよ」

ケリーが割り込んだ。

「当然だ。ツァイス銀行だぜ。あそこは守秘義務も徹底してるが、その前に素性の怪《あや》しい会社に口座はつくらせねえよ」

リィが訊く。

「何をやってる会社？」

「ツァイス銀行に残っている企業概要《がいよう》説明によると、デザイン全般ですって。——生活雑貨の」

「はあ？」

画面の手前と向こうで海賊と中学生が声を揃《そろ》えた。

「何だそりゃ？」

「椅子とか机とか食器棚とか、そんなのかな？」

「そこまで詳しく書いてないけど、資本金の額から見てもあまり大きな会社じゃなさそうよ」

「その会社が身代金を取ったわけじゃないよね？」

「もちろんよ。この口座は三年前に開設されてから一度も取引がなかった。出入金記録が一切ないのよ。それがつい先日、十億もの金額が振り込まれたかと思うと即行で全額送金されてるわ」

リィが身を乗り出した。

「その送金先が知りたいんだ。できる？」

「もちろんよ。だけどちょっと待ってね。送金先は惑星バルビス。かなりの辺境ですもの。誰が実際にお金を受けとったか調べるには時間がかかるわ」

「待ってる」

ダイアナは本格的に作業に専念し始め、ケリーは苦笑して少年に話しかけた。

「おまえが欲しいのはあの絵なんだろう？　いっそ、天使本人にどこにあるのか占ってもらったらどうだ。そのほうが手っ取り早いんじゃないか」

「それも考えたけど、あの絵じゃたぶん無理だよ」

「なぜだ？」

リィはちょっと沈黙し、言葉を探す顔になった。

「ドミニクって人は絵が上手だったから、かな？」

「そりゃあ美術館に絵が展示されてるくらいだから、上手なんだろう」

「そういう意味じゃなくて……知り合った画学生が話してくれたんだけど、ドミニクはデッサンの天才だったたって。単に形を描き写すんじゃなくて、その本質まで写し取ることができたってさ」

「ふうん？」

「だから、おれもあの絵がルーファだってわかった。そのくらいよく描けてるんだ」

「それが？」

「占い師は自分のことは占えないって言うだろう。おれはあの絵をルーファだと思った。それなら当然、ルーファにとってもあの絵は自分自身——もしくは分身ってことになる。そうなると、どこにあるかを占おうとしても、それは自分がどこにいるかを捜すことになるわけだから、たぶん、できないと思う」

「なるほど」

ダイアナが再び画面に現れた。

両手を広げて肩をすくめている。

「よくできてるわ。バルビスから今度は即行で惑星セランに送金されてる。バルビスの銀行には確かに送金完了の確認がセランから届いている。ところが、現実のセランの口座には何も入金されていないの。もちろん、銀行は送金確認なんか出していない」

「どういうこと？」

「送金の途中でお金が消えたってことよ。実際には別の口座に振り込まれたんだわ」

ちょっと心配そうにリィは言った。

「本当はどこに行ったか突きとめられる？」

「やあね。わたしを誰だと思っているのよ。任せて。すぐにバルビスまで行ってくるわ。現在地からでは詳しいことはわからないから」

「おいおい、そういうことを船長を無視して勝手に決めるなよ」

「あら、行かないなんて言うつもり？」

「そうとも。言う気じゃないだろうな、海賊？」

別の声が割り込んだかと思うと、画面に映る男の首にがしっとたくましい腕が絡《から》みついた。

ジャスミンはその状態で、画面の向こうのリィににっこり笑いかけた。

「きみはそこで待っていてくれ。宇宙の半分を横断してでも必ず突き止めてやる」

首を固められた男は両手を上げて苦笑した。

「おっかない女性陣には逆らわないほうが賢明《けんめい》だな。それじゃ、行ってくるか」

「頼むよ」

共和宇宙最速を誇る船から再び連絡が入ったのはそれから三日後の夜だった。

呼び出し音で眼を覚ましたリィが時計を見ると、夜というより明け方に近い時間だ。

例によって無断で内線端末に割り込んだケリーが『ちょっとは感謝しろよ』と真顔で言ったところを見ると、突き止めるのに結構苦労したらしい。

大げさではなく、彼らは辺境も含めて本当に共和宇宙の半分を横断する羽目になったようなのだ。

「今はバルビスとは正反対の辺境にいる。参ったぜ。バルビスからセランの間でやったような、実際には別の口座に振り込まれる手法を何度も繰り返してる。ダイアンがいてくれたから何とかなったが、これを警察が突きとめるのは容易じゃないぞ」

「それで、お金は結局どこに行ったんだ？」

「灯台もと暗しだ。セントラルだよ」

その口座の持ち主の名前と住所を告げると、

「俺たちもすぐにそっちに戻るからあんまり無茶はするんじゃないぞ」

ケリーは言って通信を切った。

この日は金曜だった。

夜になると、普段は恒星間通信の禁止されている生徒たちも故郷の両親と話すのに忙しい。

　リィの元にもヴァレンタイン卿から連絡があった。

　卿が直接通話を掛けてくるのは珍しい。しかも、内線画面に現れた卿は何だか複雑な顔をしている。

「昨日、グレン警部と会ったぞ」

「警部が？　ベルトランまで何しに行ったんだ」

「違う。ぼくが今セントラルにいるんだ。ちょっと訊きたいんだが、おまえ、警部の前でどんなふうに振る舞ってたんだ？」

「――？　普通にしてたよ」

　卿が何を問題にしているのかわからなかったので、リィは不思議そうに言い返した。

　次の瞬間、はっとなった。

「今セントラルだって？」

「ああ。シティのカレーシュホテルだ。地方都市の交流会議があってな。それも終わったから明日には帰るところだが……」

「アーサー。ものは相談なんだけど、もうしばらくセントラルにいる気はないか？」

　身を乗り出した息子の表情に非常にいやな予感はしたものの、卿は結局この長男には甘いのである。

「それはまあ、予定を変更すれば残れなくもないが……何をたくらんでいる？」

「どうしても大人が一人必要なんだよ」

　本当はケリーがこっちに戻るのを待って手伝ってもらうつもりだったが、困ったことに、あの男では少々迫力がありすぎるのだ。

　その点、ヴァレンタイン卿なら打ってつけである。

「明日シェラと一緒にそっちに行くから、頼むよ。手を貸してくれないか？」

「だから、何をするつもりなんだ？」

「おれの絵を取り戻す」


　セントラルの政治の中心となる舞台がシティなら、商業経済の中心地がマーショネスだ。

　この街には画廊が多く並んでいる一角がある。

　若手芸術家にとっては将来を左右する登竜門とも

言うべき場所であり、若手に投資する目的で集まる資産家の姿が目立つ場所でもあった。

その画廊は雑居ビルが建ち並ぶ通りにあった。

大通りから一本入った静かなところだが、道幅も車が通るには充分なほど広く、衣料品店や喫茶店も並んでいるので人通りは絶えない。

間口は狭くても、なかなかしゃれた店構えなので、道行く女性たちが店の奥を覗《のぞ》き込んだりしている。

その画廊の入口は、古風な木枠の硝子《がらす》張りの扉で、中の様子が見えるようになっているからだ。

看板にはギャラリーＮＥＯＮと記されていた。

その前に黒塗りのリムジンがすべるように止まり、重々しく後部の扉が開いた。

車から降りようとする人に、運転手は慇懃《いんぎん》に声を掛けたのである。

「それでは地下の駐車場でお待ちしておりますので、お帰りの際はお呼びください」

「ああ、ありがとう」

ヴァレンタイン卿は何とも悲痛な声で答えると、気を取り直して頭を上げた。

今の卿を彼の夫人が見たら眼を疑ったに違いない。

濃紺《のうこん》のピンストライプで仕立てたダブルのスーツ。白のソフト帽を目深《まぶか》に被り、淡いピンクのシャツに濃い緑のネクタイに金のタイピン。足元は鰐革《わにがわ》の靴《くつ》。ベルトも共革。純白の絹のマフラーを長く垂らして、ダイヤをちりばめた金の腕時計にルビーの指輪。

どれもこれも普段の卿なら死んでも身につけない代物ばかりである。

今朝早く、卿の泊まるホテルにやって来た息子とその友人は半ば強引に卿を高級百貨店に連れ出した。

そこでシェラがまずスーツとシャツ、ネクタイとベルトを見立てて卿に試着させようとしたのだが、この段階でヴァレンタイン卿は当然激しく抵抗した。

「いったい人に何をさせる気だ！　仮装行列か⁉」

「近いな」

息子は無情に頷き、その友人は困惑顔である。

「わたしが聞かされたのは『多少の悪事なら平気でやる自信過剰《かじょう》で強欲な、ただし頭は悪くない成金男』だったのですが、これではだめですか？」

揃えられた品々は確かにシェラが今言った条件を見事に満たしているが、卿は頭を抱えてしまった。

恐ろしい目つきで息子を睨《にら》みつけた。

「……おまえは、それを、ぼくに、やれと？」

またこの長男はこんな時だけ実に可愛らしい顔で父親を覗き込んでくるのである。

「だめかな？」

早くも負けそうになった卿だが、踏ん張った。

いくら可愛くねだっても、ものには限度があると猛然と言おうとした時だ。申し分ない物腰の初老の店員が控えめに卿に話しかけてきた。

「よろしければ、お見立てを承りますが……」

服や小物を選んでいるのが本人ではなく子どもということが不可解でもあり、見るに見かねたらしい。

一つ一つの品は決して悪くない。いいものなのに、組み合わせがどうにも卿には不似合いだからだ。

しかし、卿が何か言うより先に、リィがにっこり笑って首を振った。

「ううん。これでいいんだよ。お母さんの誕生日に内緒で仮装パーティを開こうってことになっててね。お父さんはやり手の投資家っていう設定なんだ」

「それはそれは、楽しい趣向ですな」

店員も笑って恭《うやうや》しく一礼した。

「では、わたくしどもにも協力させてくださいませ。もっと『やり手』に見せるために最適な、こちらのベルトと共革の靴があるのですが、よろしかったらお持ち致しましょうか？」

眼を輝かせたのはもちろんシェラだ。

「ぜひお願いします。それから男の方が身につける小物も揃えていただけませんか？　なるべく派手な、けれど最上質のものをいくつか見せてください」

「かしこまりました。とりあえずタイピンとカフス、お帽子、腕時計などを見立てて参ります」

かくして、こんな格好を知人の誰かに見られたら恥ずかしくて死ぬ！　と卿が嘆《なげ》く仮装が完成した。

本来ならもっと抵抗してもよかったのだが、その時の卿は芝居《しばい》とはいえ長男に『お父さん』と呼んでもらったことですっかり舞い上がっていたのである。

またこの店員が「お若いお父上ですな」と感心し、リィも「そうだよ、お父さんは本当に若いんだから、もっと派手なのでも似合うと思う」と持ち上げる。

今ならたとえピエロの格好で公道を歩いてくれと言われても二つ返事で引き受けたに違いない。

完全に自分を見失っていた卿が我に返ったのは、その恐ろしい格好で百貨店を出て、待たせておいた運転手つきのリムジンに乗り込んだ時だ。

そこで初めてギャラリーＮＥＯＮの話を息子から聞かされた卿は絶句した。

「その画廊が『暁の天使』を盗んだのか⁉」

「少なくとも美術館から身代金を取ったのは確かだ。十億もだ。ふっかけるにも程があるよな」

卿は意外な顔で首を傾げたのである。

「十億だって？　ずいぶん安いな」

中学生二人は眼を剝いた。

「これで安いのか⁉」

「相場はどのくらいのものなんですか？」

「ドミニクの『暁の天使』だろう？　五十か六十、ひょっとしたら百でも喜んで出すって言う蒐集家がいくらでもいるはずだ。エレメンタルも資金のある美術館だ。払えない金額じゃないはずだが……なぜそんなに安いのかな？」

独り言のように言った卿は疑問の顔になった。

「しかし、エドワード。そこまでわかっているなら、どうしてグレン警部に知らせないんだ？」

「何の証拠もないのに？」

肩をすくめた息子に、卿はまた嘆息した。

「ぼくにその証拠を摑《つか》んで来いっていうのか？」

「いや、アーサーにはそれはちょっと難しいと思う。やって欲しいのは別のことなんだ」

それから車内で簡単な打ち合わせが行われた。

子連れでギャラリーに出向くのは怪しまれるので、リィとシェラは途中で車を降りた。

その際、リィは真剣に父親に言ったのである。

「気をつけろよ。頼んでおいて言うのもなんだけど、何か危険なことがあるかもしれない」

「おまえの父親をやっているという時点でぼくには毎日が非常に危険《スリリング》だ」

「ふざけるなってば」

「ぼくは真面目だぞ。おまえも意外に心配性だな」

大人の余裕で卿は答えた。

この格好だけは情けなくてどうにも閉口するが、これから自分がやろうとしていることは法に触れるわけではないし、息子がこうした秘密の頼みごとを持ちかけてきたのが純粋に嬉しかったのだ。

世界的な名画を盗んだ犯人を見つけたと、証拠がないからそれを捜すのを手伝って欲しいと子どもに言われて鵜呑《うの》みにする親はまずいない。

卿にしても半信半疑だったのは確かである。

何か思い違いをしているのではないかと案じたが、あの子は絶対にこんな人騒がせな嘘《うそ》は言わない。

それだけは確信があった。

硝子張りの扉には古風な金の取っ手がついており、扉を開けると、その反動でちりんと呼び鈴が鳴った。

ギャラリーＮＥＯＮに乗り込んだ卿は興味深げに内部を見渡した。

ちらほら絵が飾ってある。画廊だから当然だが、現代作家の作品ばかりだ。それもほとんどが小品で、大きな絵は一枚もない。

さらに言うなら客の姿も一人もない。

奥から人が出てきた。

五十がらみに見える男だった。その年齢にしては痩《や》せていて、面長の浅黒い顔で、黒い髪はてかてか光るくらい整髪料で固めている。卿とは別の意味で派手なスーツに身を包み、物腰もしなやかだ。

男は卿の全身に素早く視線を走らせると、慇懃に話しかけてきた。

「お気に召した絵はございましたか？」

「残念だ。今一つだね。ぼくの好みとしてはもっと古い絵が欲しいんだ」

もったいぶって卿は言った。

ヴァレンタイン卿はもちろん芝居は素人《しろうと》であるが、政治家たるもの——それも無能ならともかく有能と呼ばれる政治家たるものはすべからく役者である。

「それはご期待に添えず、申しわけございません。当画廊は現代画を専門としておりますので……」

男は丁重に頭を下げたが、卿はその言葉を途中で強引に遮《さえぎ》った。

「そんなはずはないだろう。古い絵も扱っていると聞いたよ。——この画廊の人？」

「はい。オーナーのベネットと申します」

「ぼくが欲しいのはね、特別な絵なんだよ」

ヴァレンタイン卿は思わせぶりな笑みを浮かべてベネットに近づくと、内緒話をする時のように顔を寄せて囁いたのである。

「実はね……『暁の天使』が欲しいんだ。もちろん知っているだろう。ドミニクの最高傑作だ」

ベネットは当然ながら笑って否定した。

「お客さま。ご冗談をおっしゃっては困ります」

「こんな冗談をわざわざ言いに来るほど暇な人間に見えるのかい？　確かにここで扱っていると聞いて、人任せにはしたくないから出向いて来たのに」

「これは困りましたな。そのようなお話をいったいどこでお耳にされましたか？」

「どこだっていいじゃないか。肝心《かんじん》なのはきみが『暁の天使』を持っているという事実だ。いくらで譲ってくれる？」

「ですから何かのお間違いだと……」

「ねえ、きみ。ベネットさん。ぼくも素人じゃない。もちろん秘密は厳守するよ。その上で言ってるんだ。そのくらい察してくれなきゃ困るなあ」

卿はいっそ馴れ馴れしいくらい大胆に笑いながら、

話の通じない相手に文句を言ったのである。

「ぼくはあの絵には特別な思い入れがあるんでね。どうしても欲しいんだ。他の誰かに渡すくらいなら百でも二百でも出す用意があるよ」

今の卿の様子をリィが見たら、意外な役者ぶりに眼を丸くしたかもしれない。

長男には甘くてもヴァレンタイン卿はこの若さで州知事を務める優秀な政治家だ。こんな揺さぶりや駆け引きならお手のものである。

おまえがそれを隠していることを知っているぞと――疑っているのではなく確信しているぞと強烈に印象づけて相手のほうから行動を起こさせるのだ。

ベネットは一瞬、探るような眼で卿を見た。

しかし、すぐに如才《じょさい》ない笑顔をつくった。

「お客さま。申し上げましたとおり、当画廊は現代絵画を専門に取り扱っております」

ヴァレンタイン卿は大げさに肩をすくめてみせて、用意しておいた偽の名刺を差し出した。

「まあいい、思い出したら連絡してくれ」

ベネットは淡々とその名刺を読み上げた。

「ボー・クインテット・ビジネスコンサルタンツ。代表アーサー・ブラックウェルズさま」

「宿泊先はホテル・パレスだ。じゃあ頼むよ」

「ブラックウェルズさま。少々お待ちください」

立ち去ろうとしていた卿は足を止めて振り返り、ベネットは微笑して言ったのである。

「当画廊が自信を持って勧める絵をお見せしたいと思いますので、少しお時間をいただけますか？」

「もちろん」

やっと話が通じたかと思ったが、違った。

一度奥へ引っ込んだベネットはしばらくすると、分厚いカタログを持って戻ってきたのだ。

「古い絵は格別の趣《おもむき》があるものですが、現代作家の作品もまずはご覧になってはいかがでしょう？」

しかし、卿はカタログには見向きもしなかった。

つまらなさそうに肩をすくめただけだ。

「欲しい絵が出てこないんじゃ仕方がない。帰るよ。いいかね、ぼくはどんな大金を払っても、あの絵を手に入れたいと思っている。それを忘れないでくれ。気が変わったら連絡してほしいな。待ってるよ」

　あくまで悠然《ゆうぜん》と振る舞って背を向けた卿だったが、店を出た時はさすがにほっとした。

　ややあって黒塗りの車がすべるようにやってきて、卿の眼の前で止まり、後部扉が開く。

　居心地のいい座席に納まった卿はもう一度大きく息を吐きながら「ホテル・パレスへ」と言った。

　車は優雅に動き出し、卿は携帯端末を取り出して息子に連絡した。

「エドワードか。今店を出たところだ」

「見えてたよ。どうだった？」

「店主の名前はベネットだ。年齢は五十歳くらい、中背の痩せた男だ。油断も隙もない雰囲気だったが、向こうも相当ぼくを怪しんでいたと思うぞ」

「上出来だ。さっきも言ったとおり、後はホテルでじっとしててくれ」

　卿はまたもや盛大なため息をついた。

「……この格好でパレスには行きたくないんだがな。知り合いに会ったらと思うとぞっとするよ」

　ホテル・パレスはマーショネスの五つ星ホテルで、政財界の人間が好んで使うことでも知られている。

　ぼやく卿に、リィは熱心に言い聞かせた。

「VIPが使うからパレスは警備にも力を入れてる。マーショネスでももっとも安全な場所の一つなんだ。おれも後で行くから、それまでは部屋から出るなよ。食事はルームサービスにして、本物の給仕かどうかちゃんと確認してから扉を開けるんだぞ。知らない人間が訪ねてきても絶対に部屋に入れるなよ」

「おまえはぼくの母親か？」

　卿は苦笑しながら通話を切った。

　とにかくこの格好を何とかしないと落ち着かない。

　仕切り板越しに運転手が声を掛けてきた。

「お話はお済みですか？」

「ああ」

生返事をした卿ははたと気がついた。

さっきの運転手と声が違う。

「きみ……?」

卿の足元で小さなカプセルが破裂した。

見えない気体はたちまち後部座席に充満し、卿はのけぞって座席に頭を預ける格好で意識を失った。

7

リィとシェラはギャラリーNEONがよく見える斜向《はすむか》いの喫茶店に陣取っていた。

二人とも車内の異変にはまったく気づかなかった。

卿が店に入ってから出てくるまで十分足らず。

まさか、この短い時間に、相手がこれほど迅速《じんそく》に仕掛けてくるとは想定していなかったのである。

この場合、すぐに行動を起こしたのではまさしく犯行を認めるようなものだからだ。

今日中にはホテル・パレスの卿に何らかの接触があるだろうが、その前に店主の動きを観察するべく、こうして見張っていたのである。

案の定、卿を乗せた車が走り去ってから三十分もしないうちに、男が店から出てきた。妙に隙のない身のこなしの男だ。黒髪をきちんと整髪料で固めて、派手なスーツを着ている。

「あれがベネットだな」

男は店の扉に鍵を掛けると、遮断扉《シャッター》まで降ろして店から離れた。

「臨時休業のようですね」

喫茶店を出た二人は男を尾行し始めた。

二人とも目立つ髪は帽子に隠して、休日を楽しむ中学生を装っている。

ベネットはまさかこんな子どもが自分を尾行しているとは思わなかったのだろう。気づく様子もなく、大通りに出るとタクシーを拾った。

二人とももちろんタクシーを止めて後を追ったが、その途中でリィは小さく呟《つぶや》いた。

「あまり遠くへ行かないでくれるといいんだがな」

「同感です」

その祈りは聞き届けられたとも無駄になったとも、どちらとも言えた。

二人の存在には気づいていなくても、ベネットが尾行を警戒していたのは間違いないようで、二度もタクシーを乗り換え、ずいぶん長く無意味に市内を走り回っていた。

さらには長い信号待ちに引っかかった時だ。突然タクシーを降りて、反対車線に迎えに来させた一般車両に素早く乗り換えたのである。

そこまでしたベネットがその車でマーショネス郊外の廃工場にやって来た時には、店を出てから二時間が経過していた。

しかし、この場所はギャラリーNEONから直線距離にして五キロも離れていない。

呆れた用心深さである。

この辺りは街中とはがらりと様相が違う。

人気もなければ、通りかかる車もほとんどない。

豊かな緑の中に半円形の屋根をした長い工場棟が何棟も並んでいるだけだ。

建物はまだきれいで、状態のよさを保っているが、使われなくなってかなり経つのは間違いない。

建物横には駐車場があった。廃工場にも拘《かか》わらず、そこには既に四台の車が止まっている。

ベネットを乗せた車もそこに停車した。

ここまで運転手を務めた男とベネットは車を降り、念のため周囲の様子を窺《うかが》ったが、人の気配はない。

車が近づいてくる音もしない。

誰にも見られていないと安心して歩き出したが、その様子をたっぷり一キロメートル離れた公道から注目していた眼があったのである。

迂闊《うかつ》には近づけなくても、幸い障害物は何もない、見晴らしのいい場所である。

二人の眼は双眼鏡など使わなくても、ベネットの車の動きも、車から降りた姿も正確に捉《とら》えていた。

それを見るや否や、シェラが車から飛び出した。

精算を済ませたリィが後に続く。

いつもの順番と逆になったのは単にリィのほうが足が速いからである。先行するシェラに追いついて並んで走り始めた。

疾走する二人はさながら金と銀の風のようだった。

たちまち駐車場まで駆けつけたが、二人とも息も切らせていない。五分とかからなかったはずだが、ベネットの姿は既に見当たらない。広く長い建物のどこかに消えてしまったのだ。

リィが小さく舌打ちした。

「手当たり次第に当たってみるか」

「相当な広さですよ。夜になるのを待ってみては？人がいる部分にだけは明かりが点《とも》るはずです」

そろそろ夕陽が眩《まぶ》しくなっている。

シェラの言うことは理にかなっていたが、リィは首を振った。

「ここまでずいぶん時間を無駄にしたからな。早く帰らないとアーサーが心配だ」

「確かに」

ところが、至って呑気《のんき》に建物の中に入ろうとした二人の前に予想外の人物が立ちはだかったのだ。

グレン警部は今まで二人が見たことのないような厳しい顔で言った。

「二人ともここで何をしているんだ？」

もちろんリィは涼しい顔で問い返したのである。

「警部は何をしてるの？」

「ヴィッキー、シェラ。もうじき暗くなる。ここは危険だ。早く帰りなさい」

「質問に答えてないよ。何をしてたの？」

少年の相手をする時間も惜しかったのか、珍しく厳しい口調で警部は言った。

「質問はなし。シェラと一緒に大人しく帰るんだ」

「リィ！」

そのシェラが鋭く叫び、咄嗟《とっさ》に視線の先を追ったリィの表情が一変した。

風に飛ばされたのか、建物の壁に張りつくように落ちていたのは一目で極上とわかる白いソフト帽。

いやというほど見覚えのあるものだった。

シェラも顔色を変えてリィを窺い、リィは即座に携帯端末で卿を呼び出したが、電源が切られている。

妙にゆっくりと端末をしまったリィは、その眼をグレン警部に向けた。

「警部はいつからここを見張っている？」

「ヴィッキー。大人の言うことも少しは聞きなさい。ここはきみのいるところじゃないんだ」

「この中にアーサーが捕まっているかもしれないと言ってもか？」

シェラも急いで言った。

「男の人が連れて来られるのを見ませんでしたか？ストライプのスーツを着た派手な感じの人です」

警部は一刻も早く少年たちを追い払いたかったが、誰かが捕まっているとは穏やかではない。

「きみたちの知り合いか？」

「ヴァレンタイン卿です」

警部は半ば驚き、半ば呆れてリィを見た。

「きみは父親を呼び捨てにしているのか？」

「そんなことはどうでもいい。アーサーを見たのか、見なかったのか？」

「……何とも言えない。来たばかりなんだ」

「じゃあ自分で確かめる」

「待ちなさい！」

警部は傍目《はため》にもじりじりしていた。

二人を先に帰すべきか、卿の安否を確認するのが先かで葛藤《かっとう》していたが、詳しいことを聞かない限り、二人とも決してここから離れない。

グレン警部は少年たちを木陰に誘った。

そこにはヒックス刑事を含めて刑事が三人いたが、彼らも少年たちを見て驚いていた。

「きみたち、ここで何してるんだ？」

シェラが逆に問い返す。

「刑事さんたちは何をなさっていたんです？」

「盗まれた美術品がここでよく取引されているって情報が入ったんだよ」

「ヒックス！」

おしゃべりな部下を叱《しか》り、グレン警部は通信機を取り出して誰かと話し始めた。

「俺だ。何か変わったことはなかったか？　いいや、違う。一般人が拉致《らち》されてきた可能性はないか？」

相手の話に何度か相槌《あいづち》を打った警部は通信を切り、リィに努めて穏やかな眼を向けた。

「ヴィッキー……」

「適当な嘘は言うな。言っても無駄だぞ」

最初から騙《だま》せるとは思っていなかったが、警部は苦い息を吐いて言った。

「……わかった。別の場所からここを見張っていた部下の話だと、確かに具合の悪そうな男が一人いたそうだ。ただし、とても一般人には見えなかったと言っているが、男二人に支えられて中に入ったのを見たと言ってる」

「いつ？」

「二時間前だそうだ」

リィは工場を振り返った。

無造作に歩き出したその前に、再びグレン警部が大きな壁のように立ちはだかった。

「ヴィッキー！　ここから先は関与しちゃいかん！警察の仕事だぞ！」

「誰も警部に助けてくれとは言ってない」

グレン警部は絶句した。

これまで警察と言えどもどうにもできない状況で「何とかして！」と一般市民に詰め寄られたことは何度もあるが、父親が捕らえられているこの状況で、息子にこうまで無下《むげ》にあしらわれたのは初めてだ。

「第一、警部に何ができる？　ここで様子を窺っていたってことは踏み込む権限はないんだろう？」

「今はない。だが、卿が拉致されたことがはっきりすれば、すぐに令状が出る。じきに増援も到着する。だからそれまで――」

「待てない」

「聞きなさい！　中には銃を持った男が少なくとも十人はいるんだぞ！」

「連れ込まれてから二時間。それが何を意味するか本当にわかってるのか?」

冷静に話しているようでも、その声は硬く強ばり、顔は青ざめている。

どんな苦境でもこの人がこんな顔をするのを見たことはないだけに、シェラも気が気ではなかった。

しかし、それもグレン警部には父親が捕まったと知った時の普通の少年の反応に見えるのだろう。

手を尽くして何とかなだめようとした。

「ヴィッキー、お父さんは大丈夫だ。連中は卿には何もしない。生かして連れてきたのがその証拠だ」

殺す気ならとっくにやっているはずである。

父親の身を案じる少年にそれを言うのは控えたが、少年のほうが遥《はる》かに冷徹であり、現実的だった。

「生かされている犠牲者は時に殺されるより悲惨な目に遭わされる。知らないわけじゃないだろう?」

とても中学生とは思えない鋭い口調だが、今度は警部も引き下がらなかった。

「ヴィッキー……お父さんが心配なのはよくわかる。しかしだ、きみが行って何になる? 何ができる⁉ お父さんを助けるどころかきみまで捕まって人質を増やすことになるだけだぞ!」

「銃を持った男が十人なら何とかなる」

警部は耳を疑った。

冗談抜きに聞き間違えたかと思った。

「ちょっ、ちょっ、ちょっ、ちょっと待て! 違うだろう! 銃を持っていない男ならの間違いだろう⁉」

それにしたって十人は多すぎる。

抱きすくめたら折れてしまいそうな華奢《きやしや》な体軀《たいく》の少年なのだ。大の男相手に何ができるかと思ったが、金髪の美少年はあくまで本気だった。

「警察官の警部は令状がなければこの中に入れない。おれはただの民間人。どこへ行こうが何をしようが、警察に止められる筋合いはない」

どうあっても突入の意志を変えない少年にグレン警部は苦い息を吐いて、部下に目配せした。

頷いた三人は少年を捕まえるために進み出たが、

少年はさらに視線を険しくした。

「何もしていない市民を腕力で拘束《こうそく》したらそれこそ職権乱用だぞ」

「いいや、内部に銃を持った男がいる以上、市民を危険から守るのは我々警察の義務だ」

たとえ、多少強引な手段をとろうともだ。

警部の決意と覚悟は少年にも伝わったはずだが、この少年はどこまでも並《なみ》の子どもとは違っていた。

自分を捕らえようと近づく刑事たちに侮蔑《ぶべつ》の眼を向けると、冷ややかに言い放った。

「それならここで大声を出そうか？　中の連中にもよく聞こえるように」

刑事たちの動きがぴたっと止まり、警部は焦燥《しょうそう》も顕わに訴えたのである。

「馬鹿なことはよしなさい！　そんなことをしたらお父さんはどうなる⁉」

「グレン警部。おれは何も難しい要求はしていない。邪魔をするなと言ってるだけだ」

刑事たちは明らかに動揺して警部を見た。

判断を求められたグレン警部は苦り切った表情でがしがし頭を掻《か》きむしり、唸《うな》るように言った。

「……仕方がない。我々も一緒に行こう」

「来るな。足手纏《まと》いだ」

今度こそ絶句した。

中学生の少年がよりにもよって武装した警察官を『足手纏い』だと表現したのである。

この子はいったい何を言ったのかと眼を剝いたが、さらにとんでもない言葉が少年の口から飛び出した。

「最初から警察はあてにしていないと言ったはずだ。片づけてきてやるから大人しくここで待ってろ」

「……はい？」

間の抜けた声を発したのはヒックス刑事だ。

他の二人もグレン警部も気持ちは同じだった。

警察官たちの度肝《どぎも》を抜いた少年は工場を見つめ、悲壮な決意のこもる声で言ったのである。

「あれは一家の主《あるじ》なんだ。故郷《くに》では美人の奥さんと可愛い子どもたちが夫や父親の帰りを待ってるんだ。おれには彼らのところにあの男を帰してやらなきゃならない義務がある」

リィは毅然《きぜん》と頭を上げて足早に建物に向かった。

当然のようにその後に続いたシェラは警部に軽く頭を下げて、あくまでしとやかに言った。

「救急車のご用意をお願いします。――十人分」


玄関を入ると天井の高いホールになっていた。

白い壁にはアーチ形の壁龕《ニッチ》がつくられ、窓も同じ形をしている。吹き抜けの天井からは鉄の骨組みの燭台《しょくだい》の形をした大きな照明が下がっている。

何の工場だったかわからないが、なるべく周囲に調和する外観や内装を心がけていたようだ。

一階の正面はただの壁だ。奥の工場棟へ行くにはまず二階へ上がらなくてはならないらしい。

階段へ向かう二人の背後に足音が迫ってきた。

振り返ったリィは無情に言ったのである。


「来るなと言ったはずだぞ」

「そう言われて黙って引き下がれると思うか」

今のグレン警部には普段ののんびりした印象などどこにもない。表情は厳しく雄々しく、大きすぎる身体も急に洗練されたように引き締まって見える。

それはまさに狩を前にした時の大型犬――それも超大型犬の姿だった。

「確かに今の俺にはきみたちを止める権限はない。だが、きみたちだけで行かせるわけにもいかない」

「警部一人か？　部下は？」

「置いてきた。これは職権を逸脱した行動だからな。部下を巻き添えにするわけにはいかんよ」

責任は自分一人が取るというこの言い分がリィは気に入ったらしい。

「おれたちの邪魔はしないと約束できるか？」

「約束はできない。しかし、心がけよう。そっちの計画《プラン》は？」

「まずアーサーの安否を確認する、生きているならアーサーの救出を最優先する。そのために必要なら邪魔者は片付ける」

「わかりやすくて結構だが、武器は？」

リィは笑って首を振った。

「心配してもらう必要はない。それより靴を脱げ」

「……何だって？」

「おれもシェラも足音を立てずにこの床を歩ける。警部の靴はずいぶん派手な足音がする」

シェラも控えめに言った。

「向こうに気づかれてしまったらおしまいですから、戦闘になるまでは脱いでいただけると助かります」

かくてグレン警部は自分の靴を持って歩くという、少々情けない格好で少年たちと合流したのである。

三人になった彼らは二階に上がり、工場棟へ続く渡り廊下を渡った。

工場棟は吹き抜けだった。

渡り廊下から続く通路が空中に長く伸びていて、左右は一階が見下ろせる空間になっている。

しかし、その一階には何もない。

がらんとした空間だけが広がっている。

以前は製品工場か、それとも倉庫だったのか。

この様子からすると空中につくられたこの通路は実務用ではなく、恐らく見学者用だったのだろう。

この通路は途中いくつかの扉で仕切られていた。

自動扉ではない。手で押すだけの半透明の扉だ。

通路上は扉でも両脇には壁がそびえているので、一つ扉を潜《くぐ》ると、また別の一階部分が左右に見える新たな空間が現れるわけだ。

三人は足音を殺して通路を進んだ。

扉を潜る時は必ずリィが一人で先に行った。

通路に伏せて下から見られないように這《は》って行き、異変がないとわかった時点で立ちあがる。

そんなふうにして三度目の扉を潜った時だ。

リィは今度は立ちあがらなかった。腹這いのまま後ずさって二人のところに戻り、声を低めて囁いた。

「いた。右手側だ。椅子に縛られてる」

シェラもそっと様子を見に行き、やはり音もなく戻ってきた。

「男たちは十人いるというお話でしたが、五人しか確認できません」

最後に警部がその場に靴を残して、大きな身体を極力通路に伏せて慎重に下の様子を窺ってみた。

がらんとした倉庫にヴァレンタイン卿がいた。

椅子に座らされ、手を後ろに回した状態で、その椅子に縛りつけられている。がっくりと首を垂れて、意識はないようだったが、生きているのは確かだ。

シェラの言った五人の男たちは、その卿から少し離れたところで何やら相談のまっ最中だった。

通路を出て行ったら丸見えである。

なお悪いことに下に降りる階段もない。

それは恐らくこの通路の突き当たりにある。

工場棟の一階に入口がないはずはないから、一度戻ってあらためて下から行くかと、警部はいつもの習慣で人質救出のあらゆる手段を検討し始めたが、ただ一ついつもと違っていたのはこの場の指揮官はグレン警部ではなかったことだ。

「おれたちは下から行く」

と、リィは言った。

「合図したら警部はこの通路を向こうに走ってくれ。下の連中の注意を向けさせる」

またまた耳を疑ったが、幻聴ではない。

「……それは囮《おとり》をやれという意味か？」

「そうだ」

つまり、一人で五人の相手をしろということかと、確かに警察官という自分の立場ではそれが順当だと、警部は緊張しながらも勇ましく考えた。少年たちを危険な目に遭わせるわけにはいかないのだ。

だが、続く少年の言葉に眼を剝いた。

「それが一番危険が少ない」

グレン警部は真剣に自分の頭を疑った。

さっきから自分の耳は信じられない台詞《せりふ》ばかりを聞いている。聴覚ではなく言語読解能力にひたすら自信が持てなくなるような言葉の数々をだ。

さらに驚くべきことが起きた。

下から行くと言うからには渡り廊下の向こうまで戻って階段を下りなくてはならないはずが、リィはそんな手間は掛けなかった。いともあっさり通路の手すりを乗り越え、身を躍らせたのだ。

止める間もなくシェラも続く。

ここは二階――それも工場の二階である。

即死せずにすんだら運がいいという高さだ。

警部は悲鳴を呑み込んで手すりに飛びついたが、二人は見事に一階の倉庫に着地していた。

おかげで警部は自分の眼も疑う羽目になった。

二人ともゴム底の靴を履《は》いてはいるが、ゴム靴を履いた中学生全員にこんな真似ができるかと言えば、答えは無論『否』である。

そこからは壁一枚を隔てて、ヴァレンタイン卿と男たちがいることになる。

もともとは工場だから、互いに行き来できるよう、間に扉がある。

リィはその扉から素早く隣の区画の様子を窺うと、通路の足元に立つシェラに合図してきた。

頷きを返したシェラは通路の上の警部を見上げて『走って！』と合図してきたのである。

警部は急いで靴を履き、両手で銃を握って大きく深呼吸すると、ままよとばかりに飛び出した。

警部の足音は空っぽの工場棟にけたたましく響き、下にいた男たちはもちろん驚いて誰何《すいか》した。

「誰だ⁉」

男たちが銃を構えて狙いをつけようとした時には警部は通路のほとんど反対側まで駆け抜けている。

「階段だ！」

男たちはいっせいに奥の階段に意識を向けたが、それが自殺行為であったことは言うまでもない。

真の脅威は彼らの背後にあったからだ。

リィは愛用のアクション・ロッドを長く伸ばして、怒りも顕わに男たちに飛びかかった。

相手が銃を持っていてもまったく関係ない。

なぜなら、銃を撃つには標的に照準を合わせて、引き金を（光線銃の場合は発射装置だ）引くという動作をしなければならない。

男たちがそんな作業をもたもたやる間に、黄金の獣《けもの》は脚力にものを言わせて彼らに肉薄し、眼にも止まらぬ速さで今の自分の武器を振るっていた。

アクション・ロッドには刃はついていない。伸び縮みするただの棒だが、その棒は男たちを薙《な》ぎ倒し、叩き伏せ、容赦《ようしゃ》なく鳩尾《みぞおち》を突いて悶絶《もんぜつ》させた。

この間、シェラはヴァレンタイン卿の傍《そば》に素早く走り寄り、卿を縛っている縄を切ってやっている。

卿は顔を殴られて、唇の端から血を流していた。

命に関わるような大怪我《おおけが》をしている様子はないが、こればかりは調べてみないと何とも言えない。

リィも急いで父親に駆け寄った。五人をたちまち片付けた戦士もこの時ばかりは激しい不安の表情で、声が震えないようにするのがやっとだった。


「アーサー、聞こえるか？」

卿はぐったりしながらも眼を開けてリィを見た。

「エドワード……」

口調こそ弱かったが、意外にもしっかりした声で、卿はしゃべった。

「参ったよ……運転手が入れ替わってたんだ。あの運転手は……どうなった？」

「警部に頼んで調べてもらおう。どこかひどく痛むところはないか？　骨は折れてないみたいだけど、歯は？　ちょっと口を開けてみろ」

「おまえも、心配性だな……」

うまく笑えない顔で、さっきと同じことを言ったヴァレンタイン卿だった。

しっかり銃を構えたグレン警部が、用心しながら奥の通路から顔を覗かせた。銃撃戦を覚悟していたはずだが、既に意識を失って床に伸びた五人を見て、呆気《あっけ》にとられた顔になった。

どう考えてもこんな結末はありえない。

またも我が眼を疑う顔になったが、グレン警部はさすがだった。

自らの常識が木っ端微塵《こっぱみじん》に崩壊する出来事に次々出くわしながらも、絶望的な表情で頭を振るだけで済ませ、ただちに自分の職務に戻った。

負傷したヴァレンタイン卿に急いで駆け寄って、様子を確認したのである。

「ヴァレンタイン卿。ご無事ですか？」

「……警部。ご面倒を掛けます」

「ひどく殴られましたな」

「いや……たいしたことはありません。それより、薬のせいかな……頭がふらふらします……」

椅子を挟んでシェラは卿の後ろに、リィと警部は卿の正面に立っていたが、リィが急に振り向いた。

音もなく走り出したかと思うと、通路に向かって持っていたロッドを勢いよく投じたのである。

警部には何が何だかわからなかったが、その棒は確かに獲物に命中したらしい。

ぎゃっという悲鳴と、何かが倒れる音がした。

リィは棒を追う格好で奥の通路に入っていくと、右手に今投げた棒を持ち、左手に意識を失った男の足首を摑んで引きずりながら戻ってきた。

なすがままにされている男は派手なスーツを着て、せっかく整えた髪も崩れかかっている。

ベネットである。

ヴァレンタイン卿はふらつく頭を振り、シェラの手を借りて立ちあがろうとしていたが、ベネットを見ると顔をしかめた。

「ずいぶんしつこかったぞ……『暁の天使』の話をどこで知ったのかって」

「おれから聞いたって言えばよかったのに」

「十三歳の息子にか？　ぼくが彼でも信じないよ」

正論である。

気絶したベネットの身体と棒を床に置いたリィは、やっと立っている父親に近寄って優しく言った。

「アーサー、あんまり無理するなよ」

「大丈夫だ……このくらい。自分で歩ける」

「いや、ちょっと寝てろ」

そう言うと、卿の鳩尾を拳《こぶし》で打ったのである。

ごく軽く突いただけの仕草に見えたが、卿はその一撃で気を失って再び椅子に頽《くずお》れた。

すかさずその身体を支えたシェラは困ったように笑っていたが、グレン警部は眼を見張っていた。

警部にも多少の格闘技の心得があるからわかる。

卿は呻《うめ》き声すら立てなかった。一瞬で気絶した。

こんな真似は警部にもできない。よほどの武術の達人でもない限り不可能だ。

それ以前に怪我人に何をするのかと思わず怒声を張り上げようとしたが、その前にリィが言った。

「シェラ、警部。アーサーを頼む」

「はい」

「ちょっ、ちょっと待った。いったい何を……」

する気だ？　と言おうとした警部の前で、リィは再びロッドを握り、床のベネットを軽く突いた。

どこをどう刺激したのか、ヴァレンタイン卿とは逆にベネットはたちまち意識を取り戻したのである。

呻きながらも自分が床に寝ていたことに気づいて立ちあがろうとしたが、リィはそれを許さなかった。

ロッドで強く腹を打った。

悲鳴を上げたベネットは再び床に這い蹲《つくば》ったが、今度は気絶させないように力を加減したらしい。

腹を押さえながらもベネットは自分をこんな目に遭わせた相手の姿を気丈に睨み付けた。

その顔が驚愕《きょうがく》に染まる。

屈強な大男でも警察の人間でもなく、見るからに華奢で美しい少年なのだ。

リィは感情のない声で言った。

「『暁の天使』はどこだ？」

「な、何を言ってるんだ……誰だおまえは！」

「おまえがあの絵を盗んだことを知っている者だ。『暁の天使』はどこだ？」

冷徹な表情で自分を見下ろす少年が非常に危険な

相手であることをベネットはどこまで理解できたか。

ちらっとロッドに眼を走らせたところを見ると、武器を奪えば何とかなると思ったのかもしれない。

笑止千万である。

「言わなければ指を一本ずつ潰《つぶ》す」

花のような唇が恐ろしい言葉を綴《つづ》る。

「それでも言わなければ手を折る。それから足だ。死ぬまでどれだけの骨が折れるか試してやる」

「や、やめろ……俺は知らん！　何も知らん！」

リィの答えは自分が今言ったことの実践《じっせん》だった。

片足で踏んだだけでベネットの身体をがっちりと床に縫《ぬ》いつけ、ロッドで容赦なく左の小指を突く。

ベネットが絶叫した。

小指の骨を折られたのだ。

激痛に叫び、のたうち回る男を無情な眼で見つめ、リィは同じ台詞を繰り返した。

「『暁の天使』はどこだ？」

ベネットはまだ強がった。

「く、くそ餓鬼《がき》が！　こんな……こんな真似をしてただで済むと思うなよ！」

再びロッドが一閃《いっせん》する。

今度は左の薬指だ。

ベネットの苦悶《くもん》の叫びが倉庫内に木霊《こだま》する。

ここまでの手際があまりに見事で、グレン警部は呆気にとられていたが、ようやく我に返った。

「あー……ヴィッキー？　その男と『暁の天使』がどう関係しているのか説明してもらえるかな」

「この男はベネット。ギャラリーＮＥＯＮの店主だ。『暁の天使』が盗まれた後、ギャラリーＮＥＯＮの隠し口座に出所不明の十億の金が振り込まれてる」

それが本当なら尋問の理由としては充分である。

「いや、しかし、警察としてはだ、被疑者に対する拷問を認めるわけにはいかないんだが……」

勇気のある人だと、シェラは素直に感心した。

今のリィにそんなことを言うのがどれだけ危険か知らないにせよ、場の雰囲気というものがある。

リィは二人に背中を向ける格好で立っているが、細い背中はあらゆる干渉を拒み、押し殺した怒りに燃えている。近くにいるのも恐ろしいくらいだ。

自分ならとてもこの背中に声など掛けられない。

「邪魔はするなと言ったはずだぞ」

「覚えてるよ。しかし……」

「警部の仕事はアーサーを早く医者に診せることだ。怪我人を優先するのが警察だろう」

「しかし、怪我人がそこにもう一人……」

金色の頭が半分振り返り、小さな両手が意味深な仕草でロッドを握り直した。

「警部も寝るか？」

グレン警部は慌てて両手を突き出して言った。

「待て待て、早まるな！　民間人同士のいざこざを民間人同士が解決する分には警察は関与しない！」

我ながら情けない台詞である。自分で言いながらなぜだろうと首を捻《ひね》ってしまった警部だった。

銃を持っている自分がどうして棒を握っただけの少年に譲歩する必要があるのか？

真剣に悩んだが、そこは警部も素人ではない。

ここは逆らわないほうがいいと警部の中の何かが訴えているのである。

何より、もし本当にこの男が『暁の天使』盗難に関わっているとしたら、是が非でもその行方を聞き出さなければならない。

それをこの少年がやるというなら、実は願ったりかなったりなのだ。

それでも職業意識を完全に忘れることはできず、警部は申しわけ程度に念を押した。

「関与はしないが……ほどほどにな？」

「もちろんだ」

リィは初めてちょっと笑うと、尋問に戻った。

「『暁の天使』はどこだ？」

ベネットに対してはこれ以外の言葉を発する気がないらしい。

そのベネットは激痛のあまり、ものも言えない。

こちらのほうがよほど医者が必要な状況だったが、シェラがやんわりと警部に話しかけた。

「手を貸してくださいませんか。卿をわたし一人で支えて行くのは無理なんです」

「わかった」

グレン警部は身体も大きく人並み以上に力も強い。意識を失った卿を担いでも余裕で歩ける。

背丈が違うのでシェラは単なる付き添いだ。

もっともシェラには、リィが警部と一緒に行けと言った意味がわかっていた。

新手が出てきたら即座に倒すつもりで、油断なく一階の通路を戻った。

「ベネットを含めて六人しかいません。他の四人はどうしたんでしょう？」

「この騒ぎを聞きつけて逃げたとしたら外の部下が押さえているはずだ」

言葉を交わしながら歩く二人の背中をベネットのさらなる絶叫が追いかけてくる。

警部は首をすくめて呟いた。

「……大丈夫かな？」

「何がです？」

「いや、まさか殺したりはしないだろうが……」

頼むからやりすぎないでくれよと祈る警部の心は、この少年たちには通じないらしい。

シェラがくすりと笑ってグレン警部を見た。

「大事な手掛かりですよ。殺すと思いますか？」

生かすも殺すも自由自在だとその顔は語っていて、警部は絶句した。

類は友を呼ぶとはよくぞ言ったものだ。

いつもは控えめでしとやかに見えるこの少年も、やはり普通の子どもではないらしい。

「加減も知らずに度を超えた暴力を加えて死なせてしまうのは素人のすることです。卿を捕まえていたあの男たちならやりかねなかったでしょうが……」

その言葉は妙に実感を伴って警部の胸に響いた。

「きみたちはそれを心配したのか？」

「そうです」

「………」

「素人の集団は時にもっとも危険です。際限のない暴力の嵐を加えて人を死なせてしまう——もしくは廃人にしてしまいます。こんな人気《ひとけ》のない工場跡に連れてきた以上、無傷で帰すつもりなどなかったに違いありません。一つ間違えばヴァレンタイン卿は生きて再びここを出ることはなかったはずです」

淡々としたシェラの口調は氷のように冷ややかで、警部は自分の顔が厳しくなるのを感じていた。

この少年たちは人の死を知っている。

暴力によって人が殺される現実を知っているのだ。

グレン警部は職業柄、身内が事件に巻きこまれて人質となった人たちの反応をよく知っている。

大人でも最初は信じられなくてパニックになり、人質が無事であることを願う。期待すると言ってもいい。最悪の事態があることを頭で理解していても、なかなか覚悟はできない。

しかし、この二人は違う。明らかに最悪の場合を想定して突入を決意したのだ。

二人とも外見は下界の醜《みにく》さや悲惨さなど知らない天使に見えるのに、どんな経験をすればこんな子が育つのかと警部は思わず考え込んだ。

シェラが小さな安堵の息を吐いて言う。

「手遅れになる前に卿を救出することができたのは幸運でした。あの人もほっとしたはずです」

「しかし、どうして気絶させたのかな？」

警部の疑問に、シェラは微笑しながら答えた。

「あの人らしいやり方です。ベネットを痛めつけるところを卿には見られたくなかったんでしょう」

「ははあ、ヴィッキーもさすがにああいうところはお父さんには隠しておきたいのか？」

「違いますよ。あの人は平気なんです。ただ、卿のほうがいい気持ちはされないでしょうから」

乱暴を働く自分の姿を見られたくないのではなく、それを見た父親が嘆くのを懸念《けねん》したというのだ。

右肩に卿を担ぎながら、左手で器用に額《ひたい》を叩いた警部はやれやれと苦笑した。

「……とことん警察の出る幕がないな」

「とんでもない。卿をお医者さまに預けたら警部は戻ってベネットを助けてやってください。そろそろいい頃合いだと思いますから」

「……なに？」

シェラは不思議そうに警部を見た。

「あれだけやれば、どんなに鈍い神経の持ち主でも考え違いに気づきます。今頃は本当に殺されるかもしれないという恐怖のほうが勝《まさ》っているはずですよ。そこに警部が颯爽《さっそう》と登場してあの人を牽制すれば、『何でもしゃべるから助けてくれ！』という心理に、普通はなると思いますけど？」

顎《あご》が顔から落ちるかと思った警部だった。

「あの人が欲しいのはベネットの命などではなく、苦痛でもなく『暁の天使』の情報なんです。自分でそう言っていましたでしょう？」

「ちょっ、ちょっと待ってくれ……」

「つまり、何か？　ヴィッキーは最後の最後で俺が止めに入るのを計算して、わざと派手にベネットを痛めつけていると？」

「当然です」

気づいてなかったんですか？　と言いたげな眼で見られて、グレン警部は本当に泣きたくなった。

8

　眼が覚めた時、ヴァレンタイン卿は自分がどこにいるのかわからなかった。

　仰向けに横たわって天井を見ているのはわかるが、妙に頭がぼんやりして、うまく働いてくれない。

　おまけに何だか顔がずきずきする。

　その痛みに呼び覚まされ、これまでの経緯《いきさつ》を思い出した卿は小さく舌打ちした。

「エドワード！　あいつめ……」

「お目覚めですか？」

「グレン警部……！」

　卿は慌《あわ》てて上体を起こした。寝台に寝たまま人と応対するなど卿にはとんでもないことだ。寝台から降りようとしたところを警部が止める。

「お静かに。まだ安静にしていたほうがいい」

　確かに、急に起きあがったために目眩《めまい》がしたので、呼吸を整えながら寝台に足を伸ばして座り直した。

「ここは……？」

「マーショネス総合病院です」

　グレン警部は椅子を持ってきて寝台の傍《そば》に座った。

「あなたは精密検査を終えたところです。念のため今夜は泊まっていくようにとのことですが、異常がなければ明日には帰っていいそうですよ」

　卿はほっとして、警部に頭を下げた。

「お手数をお掛けしました」

「いいえ、我々は何もしていません。お恥ずかしい限りです。ご子息が思いきった行動を取らなければあなたの救出もままならなかったでしょう」

　幾分硬い声で言うと、警部は卿を見つめて複雑な苦笑を浮かべた。

「……とんでもないお子さんですな」

「……はあ、まったく」

卿としても他に言いようがない。

ひたすら頭を垂れてかしこまるしかない。

「しかし、ご子息のおかげでどうやら人類の至宝が救われそうです」

ヴァレンタイン卿は思わず顔を上げた。

「では、やはりあの画廊が……？」

「はい。『暁の天使』を盗んだことを認めました。しかも既に本人の手元にはないというのです。誰に売ったかも白状しましたよ」

卿の表情が微妙に変化する。

「それは……警察の取り調べで？」

「いいえ。本人があくまで自主的に自白した——ということになっておりますので、ヴァレンタイン卿、その点はどうか一つ、くれぐれもよろしく……」

「わかりました」

痛む頭を押さえて卿は唸《うな》った。

うちの子が何をしたのかとは怖くて訊《き》けない。

「リムジンの運転手も救出しました。地下駐車場で縛られていましたが、怪我《けが》はありません」

「よかった」

卿は大きな安堵《あんど》の息を吐いた。

「それを聞いてほっとしましたよ。いや、まったく迂闊《うかつ》でした。まさかあんな短い間に運転手を別人とすり替えるとは……」

「ご子息もその点をひどく悔《く》いていました」

警部は探るような眼で卿を見た。

「本当は素人《しろうと》の方にこういうことをされては困ると言わなければならないのですが、我々としても絵の在処《ありか》がわかったことはありがたい。その点はお礼を申し上げなければならないでしょう。ですが、卿はなぜベネットが怪《あや》しいと思われたのです？」

「わたしは何も知りません。聞いていないと言ったほうが正しいでしょう。息子に頼まれてあの画廊に出向いただけなんです」

深く嘆息《たんそく》したグレン警部だった。

いったいこの顚末《てんまつ》をどう報告書に書けばいいのか、

それを考えると犯人逮捕を喜ぶどころではない。

盗難品の取引が行われているという密告があって、行ってみたら『たまたま』一般人が拉致《らち》されていて、一般人を救出するために『やむを得ず』乱闘になり、逮捕した男たちの一人が『偶然にも』世界の名画を盗んだ犯人だった……あまりにも都合がよすぎるが、他に書きようがない。

難しい顔で黙り込んだグレン警部に、卿は不安を覚えたらしい。形をあらためて言ってきた。

「グレン警部。息子は少しばかり変わっていますが、決して性根の曲がった子ではありません。親馬鹿と思われるでしょうが……」

「息子さんの性格を問題にするつもりはありません。気になるのは能力のほうです」

「…………」

「ベネットを診察した医者が感心していましたよ。こうも効果的に人体を痛めつけることは、やろうと思ってもなかなかできることではないとね」

「…………」

「あなたを当て落とした技《わざ》にしても見事なものです。十三歳の少年にできることとも思えませんが、何か武術を習わせているんですか？」

「いいえ」

卿は首を振った。

「わたしはどんな習い事もさせたことはありません。不思議に思われるのも当然ですが、あれはもともと喧嘩《けんか》の強い子なんです。——見た眼と裏腹に」

警部は露骨《ろこつ》な疑惑の表情になった。

「お言葉ですが、少々裏腹すぎやしませんか？」

卿も絶望的な表情で訴えた。

「それはもう言われるまでもなくわかっていますが、他に言いようがないんです」

昔リィがまだ小さかった頃、ベルトランの知人に長男がどれだけ他の少年と違っているかを語っても信じてはもらえず、信じてもらえた時にはあまりの異常さに見て見ぬふりをされることが何度かあった。

比べれば、面と向かって話題を振ってくる分だけ、グレン警部は骨があると言えるかもしれない。

ヴァレンタイン卿は苦笑を浮かべて言った。

「語弊があるのは承知で申し上げますが、あの子は羊の皮を被った狼《おおかみ》のようなものなんですよ」

グレン警部もちょっと笑った。

「言い得て妙ですな」

「だからといって決して暴力的な子ではありません。喧嘩の強さを得意がるわけでもない。そんな単純な性格ならもっと扱いが楽だったでしょうが、知能も体力も、今では性質も年齢の割に妙に大人びておりますのでね。時々あれがまだ十三歳だということを忘れそうになるくらいです。親のわたしが言うのもなんですが、もう少し子どもらしくてもいいのにと思いますよ。あの外見にあの中身では向かうところ敵なしですからね」

するとグレン警部は楽しげに笑った。

「そうでもないでしょう。息子さんにはたった一つ、たいへんな弱みがありますよ」

「なんです？」

「あなたですよ。ヴァレンタイン卿」

卿はきょとんとなった。

「あなたが拉致されたと知った時の息子さんの顔をお見せしたかったくらいですよ。真っ青でしたから。今にも倒れるかと思いました」

「……本当ですか？」

ものすごく疑わしそうに卿が言ったので、警部はますます楽しげに微笑した。

「息子さんはあなたが心配でたまらなかったらしい。あなたが大好きなんですな」

卿はぽかんと口を開けていた。

およそ州知事らしからぬ隙だらけの顔である。

「それこそお言葉ですが……本当に本当ですか？」

どうしても信じられないと言いたげな卿の様子に、グレン警部は不思議そうに首を捻《ひね》った。

「息子さんがお父さんを心配するのがそんなに変な

ことですか？」
「いや、その、なんと申しますか……」
あれは自分のことを父親だとは思っていないので
――とは正直なところ言いにくい。
間がいいのか悪いのか、この時、リィがひょいと
顔を覗《のぞ》かせた。
「起きたか？　アーサー」
ヴァレンタイン卿はたちまち眉《まゆ》を吊《つ》り上げた。
「起きたかじゃない！　ここへ来なさい！」
「やだ。叱《しか》られるならここで聞く」
「エドワード！」
「強引に眠らせたのはおれが悪かったよ」
病室の入口に立ったまま、リィは素直に謝った。
「ああでもしないとアーサーは素直にお医者さんに
かかりそうにないと思ったからさ」
「だからといって暴力はいかん！」
「言われると思った」
父親に叱られたことで神妙な顔をしている。
でも、父親が本気で怒っているわけではないのを
知っているから、口元はちょっと笑っている。
グレン警部は密かに感心した。
羊の皮を被った狼――まさにしかりだ。それも、
被っているのは極上の子羊の皮である。
今はどこから見ても当たり前の――天使のように
美しく愛らしい十三歳の少年だ。
この様子からは、あの倉庫で見せた鬼気迫る姿は
片鱗《へんりん》たりとも窺《うかが》えない。
グレン警部はリィには、どこであの画廊のことを
知ったのかとは尋ねなかった。
訊いたところで恐らく無駄だ。
そのくらいなら絵を盗んだ犯人を逮捕できたこと、
絵を回収できる算段がついたことを喜ぶべきだった。
続いてシェラが顔を見せた。卿が起きているのを
見て笑顔になり、スーツケースを差し出した。
「カレーシュホテルのお部屋に勝手にお邪魔して、
代わりのお召し物をお持ちしました。あの服はもう

おいやでしょう？」

「助かった！」

卿は心の底から胸を撫《な》で下ろした。

リィとシェラ、そしてヴァレンタイン卿を前に、警部はあらためて言った。

「明日には問題の家へ捜索に入りますので、以前にお話しした通り、ご子息をお借りします」

卿はすかさず頷《うなず》いた。

「では、わたしも一緒に参ります」

リィが驚いて卿を見る。

「怪我人が何を言ってるんだ？」

「問題ない。明日には退院できるそうだ」

「だめだ。アーサーはもう関わらないほうがいい」

「おまえは未成年なんだぞ。保護者が同行するのは当然だ。よろしいですか、警部？」

「よくない。また何かあったらどうするんだ？」

警部が何か言うより先にリィが毅然《きぜん》と言ったが、ヴァレンタイン卿も引き下がらない。

「犯人は捕まったんだろう？　それならもう大丈夫。危険なことなんか何もないさ」

「おまえ少し楽天的すぎるぞ。とにかく、だめだと言ったらだめだ。明日退院したらアーサーはすぐにベルトラン行きの便に乗るんだ。いいな？」

「ぼくの予定を勝手に決めるな！」

グレン警部が笑いを噛《か》み殺しながら口を挟んだ。

「ヴィッキー。卿の言う通りだ。何も危険なことはないよ。きみには問題の家の傍で待機してもらって、まず警察が家宅捜索に入る。絵が見つかった時点できみに確認してもらう。ヴァレンタイン卿がきみと一緒に家に入るのは問題ないし、我々もありがたい。保護者を伴わない未成年を警察が連れているという状況は実は何かと問題視されやすいのでね」

リィはそれでも渋い顔だった。

ヴァレンタイン卿が呆《あき》れたように言う。

「そもそも、ぼくを引っ張り込んだのはおまえだぞ、エドワード」

「だから、それが間違いだったと思ってる」

真剣な声だった。

「何十億っていう金が絡んでいる絵の話なんだから、もっと用心するべきだったよ。その百分の一の金が絡んだだけで物騒な事件に発展した例はいくらでもあるんだ。考えなきゃいけなかったのに……」

決して用心しなかったわけではないが、それでも不十分だったのだ。

リィは苦い息を吐いて寝台の卿に眼をやった。

「アーサーの顔にこんな傷までつくるなんて……」

「気にするな。このくらいすぐに治る」

「そういう問題じゃないだろう。しばらくその顔でいなきゃならないんだから、マーガレットが見たら心配するに決まってる。仕事にだって影響が出る。政治家にとって顔は大事な商売道具のはずだぞ」

「マーガレットには暴漢と揉《も》み合いになったとでも言っておくよ。本当のことだからな。それにぼくは何も顔で仕事をしているわけじゃないぞ」

「アーサー。真面目な話だ。アーサーが捕まったと知った時は生きた心地がしなかった。お医者さんにたいしたことはないって聞くまで安心できなかった。本当にどうなるかと思ったんだからな」

ヴァレンタイン卿は眼を丸くした。

信じられないものを見るように真ん丸の眼のまま長男の姿を上から下まで眺《なが》めると、呆《あっ》気《け》にとられた口調で訊いた。

「おまえ……ぼくを心配したのか？」

「当たり前じゃないか」

今度はリィが心外とばかりに眼を剝《む》いた。

「おまえに何かあったら、おれはマーガレットにもドミたちにも二度と顔向けできなくなるんだぞ」

ヴァレンタイン卿は嬉《うれ》しそうに眼を輝かせながら、同時に何だか失望したような複雑な顔になった。

どうやら、父親としてはもう少し感動的な言葉が欲しかったらしい。

グレン警部は笑いを堪《こら》えるのに一生懸命《けんめい》だった。

言葉を聞いても、態度を見ても、どちらが父親かわからないやりとりだからである。

少年が父親に接する様子は、ちょっと眼を離すと危なっかしくて仕方がないと言わんばかりだったし、父親はそんな少年に反発して、自分は一人でも大丈夫だと言っている。おもしろい親子だと思いながら、何とか格好をつくって立ちあがった。

「では、わたしはこれで。明日の退院時には部下を迎えに寄越します」

「おれたちも引き上げるよ。それからな、アーサー。エドワードはよせ」

「おまえこそ父親をおまえ呼ばわりはよせ」

リィは意外にも笑って頷いた。

「気をつけるよ」


レオーネ・ゲランティーノはセントラルの著名な資産家であり、美術愛好家としても知られている。

共和宇宙の各地に自宅があるが、セントラルでの彼の拠点はマーショネスの郊外にある大邸宅だ。

周囲をぐるりと塀《へい》で囲まれたその建物は近代的な豪邸とは明らかに一線を画していた。

重厚な石造りで彼方から見ると四角い塔が何本もそびえ立っている。一見して『城』だ。

街から遠く離れた辺鄙《へんぴ》な場所なので、見渡す限り民家は一軒もない。

警察はこの屋敷に『暁の天使』があると断定した。

ベネットはゲランティーノに絵を売ったと白状し、マーショネスで取引したと認めているからだ。

午前九時、グレン警部は部下を十人引き連れて、この屋敷に家宅捜査に入った。

応対したのはこの屋敷の執事だった。

ゲランティーノは今朝早く外出しており、主人の留守中にお通しするわけにはいかないと頑張ったが、大挙して押し寄せた連邦警察の威令には逆らえず、結局、門と玄関を開放せざるを得なくなった。

さっそく捜索に取りかかったが、何しろ広い屋敷である。すんなりといかないことは予想していたが、想像以上だった。

「この家いったい部屋数いくつあるんですかね？」

ヒックス刑事が嘆《なげ》いたのも無理はない。

玄関から始めて、一階には大広間、応接室、台所、食堂、書斎、長廊下、二階には数え切れないほどの寝室、地下には食料庫、葡萄酒《ぶどうしゅ》貯蔵庫ときりがない。

唯一の救いは捜す対象が大きいことである。あの絵は少なくとも金庫や戸棚には入らない。

警部たちは壁という壁を片っ端から見ていったが、捜索開始から一時間が過ぎてもまだすべての部屋を見て回れない状況だった。

上空を飛ぶ小型機の音がかすかに聞こえた。たちまち接近してくる。屋敷の真上に轟音《ごうおん》が響き、建物横の発着場に小型機が舞い降りてきた。

中から下りてきたのはもちろん屋敷の主人である。

恐らく執事が捜索のことを知らせたのだろう。

ゲランティーノは五十六歳。中背のがっしりした体格で炯々《けいけい》と光る眼と太い眉、形のいい額《ひたい》と繊細《せんさい》な口元を持っていた。強引でありながら同時に強烈な魅力を放ち、相対する人間を圧倒する顔だ。

奮然と屋敷の中へ入ろうとするゲランティーノを刑事たちがやんわり遮《さえぎ》ったが、逆に責任者を呼べと一喝《いっかつ》される羽目になった。

その要望に応えてグレン警部が神妙に進み出ると、ゲランティーノは嫌悪を隠そうともせずに言った。

「この騒ぎはいったい何事です？」

言葉だけは丁寧《ていねい》だが、わたしの屋敷から即刻出て行けと言わんばかりの高圧的な態度だ。

グレン警部は逆らわず、あくまで丁寧に言った。

「お宅に家宅捜索令状が出ているんです」

「何の容疑で？」

「あなたが文化財保護法に抵触する美術品を違法な手段で購入し、所持しているという疑いです」

ゲランティーノは令状を見て冷笑し、形ばかりの丁寧な態度もかなぐり捨てた。

「根拠もなく令状を発行するとは……判事には後で厳重に抗議せねばなるまい。無論、連邦警察にもだ。即刻、家から出て行きたまえ」

ゲランティーノは警部のことを図体《ずうたい》は大きくても気の弱い屈服させやすい相手と見たようだが、普段どんなに鈍くさく見えても猟犬は猟犬である。

「ゲランティーノさん。捜査の妨《さまた》げになりますので屋敷の中には入らないでください」

「ここはわたしの家だぞ！」

「今は違います。この屋敷は我々の管理下にある。あなたが中に入ろうとすれば、自らに不利な証拠を隠蔽《いんぺい》する意志があるものと見なさねばなりませんが、よろしいですか？」

ゲランティーノの顔に怒りが広がった。

「きみは今の職に未練がないらしいな」

自分の抗議次第で警官の一人や二人、いくらでも馘《クビ》にできると言いたいのだろう。

しかし、警部は平然と言い返した。

「これがわたしの仕事です」

ヒックス刑事が息せき切って駆けつけてきた。

「警部！　ありました！　南の棟です！『暁の天使』です！」

グレン警部は首を振ってゲランティーノを見た。

「美術館の収蔵品がお宅で見つかったとなりますと、署で詳しいお話を伺《うかが》わなくてはなりませんな」

ゲランティーノは鼻で笑った。

「連邦警察は自宅に複製画を飾っただけで民間人を連行するのかね？」

「複製？」

「そうとも。確かに南棟の客間には『暁の天使』を飾ってあるがね。もちろん、れっきとした複製画だ。信じられないなら調べてみたまえ」

絵の鑑定となると警察の仕事の範疇《はんちゅう》を超える。

そこでスタイン教授とシーモア館長が呼ばれた。

リィはいわばグレン警部の秘密兵器なので、この段階ではまだ出せない。というより、リィの登場を待たずに終わってくれたほうがありがたいのだ。

ベネットの自白を得た警部は事件の関係者に絵の在処が判明したことを打ち明けた。

具体的な場所は伏せたが、絵を発見したら一刻も早い確認をお願いしたいと言ったところ、スタイン教授は今日の予定をすべてキャンセルし、シーモア館長も職場を副館長に任せて、この近くの警察署に待機していたのである。

リィもうじきその警察署にやってくるはずだが、警部はまず教授と館長に来てもらうように言った。

警察車両は田舎道《いなかみち》をすっ飛んできた。

中の二人に相当けしかけられたらしい。勢いよく車を降りた二人はその勢いのまま広い屋敷を足早に南棟に向かったが、客間の壁に飾られた『暁の天使』を一目見た途端、館長はがっくりと肩を落とし、教授は舌打ちした。

「何だ、これは？」

教授のその苛立《いらだ》ちは警部にも向けられた。

「きみたちの眼にはこれが本物に見えるのか？」

「美術品は管轄外《かんかつがい》なんですよ。では、これは本当に複製画ですか？」

「ああ。間違いない」

教授の表情は硬く強《こわ》ばっていた。それでは結局、本物は行方不明ということになるからだ。

シーモア館長も青くなって警部に詰め寄った。

「この屋敷の中は全部調べたんですか？」

「もちろんです」

「屋根裏や地下室は？」

グレン警部も苦い顔だった。

「地下は主に食料庫と葡萄酒貯蔵庫になっています。屋根裏は暖炉の煙突を通す場所で、どこもかしこも埃《ほこり》だらけです。一応確認しましたが……」

スタイン教授が忌々《いまいま》しげに首を振る。

「まさかあの絵をそんなところに置くわけがない。可能性があるのは貯蔵庫のほうだろう。空調管理は万全のはずだからな」

「そう思って調べさせましたが、葡萄酒しか入っていません。二階には金庫もありましたが、あの絵が入るほど大きなものではない」

警部はちょっと考えて二人に尋ねた。

「ゲランティーノはどういうつもりであの絵を購入したと思います？　将来の値上がりを期待したのか、それとも自分で楽しむためか」

「後者に決まっている」

教授が断言した。

「投資なら正規の手段で手に入れた絵で稼げばいい。盗品とわかっていながら買う危険を冒すのは、その絵がどうしても欲しいからだ」

シーモア館長も強い口調で言った。

「蒐集家心理《しゅうしゅうか》とはそういうものです。実寸大の複製画を飾るくらいですから、ゲランティーノは『暁の天使』にかなりの思い入れがあったはずです」

グレン警部は考え込んだ。

「絵を盗んだ犯人がゲランティーノに売ったと証言しているのは確かです。この屋敷ではないとしたら、どこかの防犯金庫――もしくは美術品専用の倉庫にしまいこんだのかもしれませんが、それでは自分で楽しむために買う蒐集家心理に矛盾《むじゅん》します」

「その通りだ、警部」

教授が頷けば、館長も熱心に言った。

「ドミニクの『暁の天使』ですよ？　あの絵を手に入れておきながら倉庫に死蔵するなど考えられない。必ずこの家のどこかにあるはずです」

ところが、あるはずの絵が見つからないのだ。

失望した面持ちの三人が外に出ると、勝ち誇ったゲランティーノが待ちかまえていた。

「用が済んだらさっさと家から出て行ってもらおう。進退を考えることも忘れずにな、グレン警部」

「いいえ。捜索はまだ終わっていません」

「きみたちはこの家の隅から隅まで調べたはずだぞ。この上どこを捜すと言うんだ。帰りたまえ！」

「それは我々が決めることです。あなたには我々の行動に口出しをする権限はないことをお忘れなく」

「威勢がよくて結構だが、絵が出てこなくても同じことが言えるのかね、グレン警部？」

痛いところを突かれた警部が玄関前で厳しい顔をしていると、黒塗りのリムジンがやってきた。

リィとシェラ、ヴァレンタイン卿が車から降りて、リィは明るい笑顔でグレン警部に尋ねた。

「教授が車に乗るのが見えたから追いかけてきた。絵は見つかった？」

シェラは石造りの屋敷を見上げて感心したような感想を洩《も》らしている。

「ドレステッド・ホールも大きなお屋敷ですけど、ずいぶん立派な厳《いか》めしいお宅ですね」

金銀細工の天使たちの登場に、ゲランティーノも文句を言うのを忘れて眼を見張っている。

逆に苦い顔になったのはもちろんスタイン教授とシーモア館長だ。

特にシーモア館長は面と向かって警部に抗議した。

「なぜ民間人を呼んだのです？」

「わたしの任務は最優先で絵を回収することです。それがあなた方の希望でもあるはずと思ったので、もっとも効果的な手段を取ったまでです。こちらは少年の父親のヴァレンタイン卿。――卿、こちらがシーモア館長、そしてスタイン教授です」

「初めまして。シーモア館長。スタイン教授」

卿の顔にはまだ傷が残っているが、そんなものは何ほどのこともない。悠然《ゆうぜん》たる物腰で挨拶《あいさつ》した。

「美と文化の守護者にお会いできて嬉しく思います。ヴェリタス市長のカワード氏はわたしの知人ですが、氏もエレメンタルの活動にはたいへん感服していて、ヴェリタスの誇りだと話しておられました」

「恐れ入ります……」

さすがに館長も父親の前で息子を非難することはできなかった。有力者と懇意《こんい》にしている上流階級の人間となればなおさらだ。

それでも、さりげなく嫌みを言うのは忘れない。

「ずいぶん個性的なお子さんですが、美術に関する英才教育でもなさっているのですかな？」

卿は笑って首を振った。

「とんでもない。英才教育どころか、息子はどんな教科よりも美術が苦手のようですよ」

スタイン教授がごほんと咳《せき》払いをする。

「信じられん話ですな。たいへん失礼だが、そんなお子さんが『暁の天使』を鑑定するとは……」

「ええ。もちろんわかっています。息子には恐らく子どもなりの見方しかできません。わたしとしてもスタイン教授のように立派な見識をお持ちの方に、あの絵を鑑定してほしいと考えています」

口先だけではない卿の熱心な態度には教授も悪い気はしなかったらしい。表情が少しやわらいだが、同時に深々と嘆息した。

「しかし、肝心《かんじん》の絵が見つからないのでは……」

リィが意外そうな顔になる。

「まだ見つかってないのか？」

シェラがなだめるように言う。

「仕方ありませんよ。広いお屋敷ですから」

その屋敷の主人はやっと我に返って警部に言った。

「何なんだ、この子たちは？」

「捜査の協力者です。正確にはこの少年が協力者で、こちらの方はその保護者」

「そしてわたしはその付き添いです」

シェラがにっこり笑って締めくくった。

ヴァレンタイン卿は興味深げに屋敷を見上げて、グレン警部に質問した。

「隠し部屋はいくつありました？」

「避難所《パニックルーム》のことですか？　それなら一階と二階に一つずつあるのを確認しましたが……」

「いやいや、あんな無骨なものではなくて、もっと簡単な仕掛けの部屋ですよ。ちょっとした遊び心でつくる部屋があるでしょう？」

あるでしょうと言われても困る。

だいたい遊び心で部屋をつくるという感覚自体が

庶民には理解しがたいものだ。

　警部は念のため部下の刑事たちに確認してみたが、誰もそんなものには気がつかなかったという。

「妙ですな？　恐らく築二百年程度でしょうから、新しいには違いないとしても、これだけの屋敷だ。ないはずはないと思うんだが……」

　築二百年の家をいともあっさり新しいと言い放つ卿にゲランティーノが眼を剝いている。

　グレン警部は職業柄《がら》、その表情の中に警戒の色があるのを敏感に感じとっていた。

　ヴァレンタイン卿はそんなことには気づかない。

　屋敷の持ち主に笑顔で話しかけた。

「中を拝見させてもらってもよろしいですか？」

「お断りする」

　ゲランティーノは憤然《ふんぜん》と言ったが、グレン警部がすかさず頷いた。

「ぜひお願いします」

「きみ！　何の権限があって見ず知らずの民間人をわたしの家に入れるというんだ！」

「警察の権限で許可します」

「職権乱用だ！」

　血相を変えて吠えるゲランティーノにはかまわず、リィが父親に尋ねた。

「アーサーの言う隠し部屋ってどんなもの？」

「宇宙開拓以前の古代は避難所として使われていたらしいが、今ではむしろ趣味の部屋だな。長廊下の突き当たりにもう一部屋こしらえたり、一階の壁の中に細い階段をつくって二階の小部屋に上がったり、いろいろだ。家が広ければいくらでもつくれるぞ」

「ヴァレンタイン卿」

　今度はグレン警部が真剣に訊く。

「片時も手放したくない大切な宝物を手に入れたら、そして屋敷のあちこちに隠し部屋があるとしたら、あなたならどこに隠しますか？」

「当然、主寝室でしょうな」

「来てください」

グレン警部は再び一匹の猟犬と化して身を翻《ひるがえ》し、ヴァレンタイン卿を二階に案内したのである。

リィとシェラも後に続き、もちろんシーモア館長とスタイン教授も遅れまいと同行した。

主寝室は、これが本当に寝室かとヒックス刑事を大いに嘆かせた代物だった。

ちょっとした舞踏会が開けそうなほど広い。

天井も恐ろしく高く、色彩を施された優美な梁《はり》が縦横に張り巡らされている。

贅《ぜい》を尽くした天井と対照的に床には無地の絨毯《じゅうたん》が敷かれ、天蓋《てんがい》付の豪華な寝台、年代物の書き物机、透かし彫りの衝立、天鵞絨《ベルベット》を張りつめた長椅子など、存在感のある調度品が到るところに置かれている。

壁に眼をやれば大理石の暖炉、金細工の姿見《すがたみ》、造り付けの樫《かし》の戸棚などが配置されている。

初めて見た館長と教授も絶句して眼を見張ったが、ヴァレンタイン卿にとっては珍しくない装飾だ。

「お邪魔しますよ」

律儀《りちぎ》に言って、すたすた入って行った。

これだけの部屋になると寝室専用の浴室と衣裳《いしょう》戸棚が必ずついているものだ。衣裳戸棚というより衣裳部屋と言ったほうが正しいくらい広い部屋だが、刑事たちはもちろんそのすべてを捜索している。

ヴァレンタイン卿は浴室とその衣裳部屋をざっと調べて寝室に戻ると、造り付けの戸棚に注目した。

卿よりも背の高い棚全体が壁の中に埋め込まれ、前面の扉には精緻《せいち》な浮き彫りが施されている。

開けてみると、革表紙の本や小物が並んでいる。

卿はここで洗練された紳士らしからぬ行動に出た。戸棚に首を突っ込んでしきりと中を探っていたが、やがて驚くべきことが起きた。

まるで魔法のようだった。卿が戸棚から離れると、壁に埋まっていた戸棚が突然すべるように前に出てきたのである。

ごくわずかながら戸棚は完全に床から浮いていて、ゆっくりと九十度回転し、戸棚がふさいでいた壁にぽっかりと戸棚の幅の通路が現れたのだ。

一同、呆気にとられてこの様子を見守っていた。

「ね？　古典的すぎて案外気がつかないんですよ」

笑って戸棚を叩いた卿は、特別なことをしたとも思っていなかったので、一番先に通路を進む役目を礼儀正しくグレン警部に譲ったのである。

警部は顔色を変えて通路の奥に突進した。すかさずシーモア館長とスタイン教授が続く。

短い通路の先に扉があった。古風な木製の扉だが、扉の中は最新の設備が整えられていた。

温度も湿度も照明さえ最適に保たれた部屋の壁に紛《まご》うことなき『暁の天使』が微笑《ほほえ》んでいたのである。

警部に続いて突進したシーモア館長はこれを見て、大きな安堵の息と歓喜の声を洩らした。

スタイン教授はかすかに唸った。

最後にリィとシェラがヴァレンタイン卿と一緒に戸棚の奥の通路を覗き込んだ。

リィは戸棚の仕掛けにいたく関心を持ったようで、通路をふさいでいた戸棚をしげしげと眺めている。

「すごいな、アーサー。ドレステッド・ホールにもこんな仕掛けがたくさんあるのか？」

「知りたかったらたまには家に帰ってこい」

「そうする」

笑って頷きながらも、頭の中では見つかった絵をどうやって持ち帰ろうかと物騒なことを考えながら、リィは奥の部屋に入ってその絵を見た。

途端、眼を剝いた。

思わず声を上げていた。

「嘘《うそ》だろう？」

スタイン教授が鋭い一瞥《いちべつ》をリィにくれる。

リィは絵に視線を当てたまま、茫然《ぼうぜん》と言った。

「違うよ、これ。『暁の天使』じゃない」

「何を言う！　子どもは黙っていなさい！」

シーモア館長が声を荒らげたが、スタイン教授が苦い息を吐くのを見て、みるみる顔色を変えた。

その仕草、その表情が何を意味するかは明らかで、館長は必死の面持ちで教授に訴えたのである。

「教授！　こんな子どもの意見はどうでもいい！　あなたが真作と鑑定してくだされば！」

お願いです！　と館長は嘆願したが、教授は何も言わなかった。立ちつくしたまま首を振った。

真っ先に立ち直ったのはグレン警部だ。

「ヴァレンタイン卿。他に隠し部屋があるかどうか、お手数ですが徹底的に調べてもらえますか？」

「わかりました」

卿は築数百年の歴史的建造物に現在も住んでいる。はっきり言って年期が違う。その結果、階段下の物置の奥に二カ所の隠し部屋、さらには一階の壁に見せかけた部分に三つの隠し階段が見つかった。

階段の一つは二階の小部屋に、他の二つは地下の倉庫に続いていたが、中から出てきたのは税務署が大喜びしそうな書類だけである。

こうなったら最後の手段しかない。

グレン警部は、ずっと庭先に待たせていたゲランティーノのところに一人で戻っていった。

刑事を見張りにつけられたゲランティーノは家に入れず傍目《はため》にも苛々していた。警部を見て怒鳴《どな》った。

「いつまで居座る気なんだ！」

「長いことお邪魔しましたが、もう引き上げます。しかし、この屋敷にはおもしろい仕掛けがずいぶんたくさんありますな。楽しませてもらいましたよ。特に主寝室の戸棚は傑作《けっさく》でした」

ゲランティーノの顔色が一瞬で紙のようになり、警部はさりげなくとどめを刺したのである。

「あの絵はどちらで購入されたんですかな？」

蒼白《そうはく》になったゲランティーノは大きく喘《あえ》いだかと思うと慌てて言ってきた。

「ま、待ってくれ！　盗んだのはわたしじゃない！　本当だ！　確かに買ったことは認めるが、盗難にはいっさい関わっていない！」

「いくらで買いました？」

「……百億だ」

グレン警部は深いため息を吐いた。

警部の吐息をどう解釈したのか、経済界の大物は滑稽《こっけい》なくらい焦《あせ》って言ってきたのである。

「わかっている。絵は返す！　返すから！」

「いえ、あの絵は返還していただかなくて結構です。このままお持ちください」

ゲランティーノはぽかんと口を開けて警部を見た。

「何だって？」

「贋物《にせもの》です。複製画と言うべきでしょうか。南棟の客間にあるものと同じです。個人が複製画を自宅に飾ったからといって警察は関与しません」

ゲランティーノの顔こそ見物だった。

警部の言葉を理解できずに耳を疑っている。

その大きな眼は今や顔から転げ落ちる寸前だ。

「……馬鹿な！　きみも見ただろう！　あの筆致！　あの存在感を！　紛《まぎ》れもなくドミニクだ！　あれが――あれが贋物だと⁉」

「スタイン教授が贋物だと鑑定なさいました」

ずっと強気だったゲランティーノの表情が絶望に染まった。

一瞬気が遠くなったのか大きくよろけ、その場にがっくりと片膝《かたひざ》を突いたが、警部は手を貸したりはしなかった。無情に言った。

「ゲランティーノさん。残念ですが、やはりお話を伺わなくてはならないようですな。犯人に騙《だま》されて本物を所持するには到らなかったものの、あなたは間違いなく本物を買ったつもりだった。でなければ百億もの大金を支払うはずもない。これは明らかに文化財保護法に抵触する行為です」

ゲランティーノは反論する気力も失ったようだが、だんだんとその顔に怒りがこみ上げてきた。

やっとのことで立ちあがった肩はわなわな震え、顔色は紅潮を通り越してどす黒く染まっている。

「このわたしに贋物を摑《つか》ませて、百億もの金を……まんまと騙し取ったのか……」

「犯人は既に逮捕してあります」

「グレン警部。あいつはどんな罪になる?」

「それはあなたのお話次第です」

ゲランティーノの顔は自分を騙した相手に対する怒りと憎悪で染まっている。

「イアン・ベネットからは何度か絵を買っている。あの男はわたしが昔から『暁の天使』を欲しがっていることを知っていて、この話を持ちかけてきた。三年前だ。本物が盗まれたことは決して発覚しないようにする、きみの言うスタイン教授の眼も確実に騙せるというふれこみだった——」

激しい怨嗟《えんさ》の声で語られるゲランティーノの話に、警部は注意深く耳を傾けた。


それからまもなくヴァレンタイン卿のリムジンはゲランティーノの屋敷を離れた。

そこになぜかスタイン教授も同乗していた。

車内は余裕があるので、よろしければご一緒にと、卿がシーモア館長とスタイン教授を誘ったのである。

館長はどうしてもリィの傍にはいたくないようで謝絶したが、教授は素直に卿の厚意を受けたのだ。

しかし、車内の雰囲気は絶望的に暗い。

「何かお飲みになりますか?」

シェラが気を遣って話しかけても、教授は応えず、険《けわ》しい顔で考え込んでいる。

ヴァレンタイン卿も、リィも、今は教授に掛ける言葉が見つからなかったので黙っていた。

やがて教授は斜め前に座っているリィを見つめて、不思議と静かな声で問いかけた。

「きみはなぜ、あれを贋物だと思った?」

「教授は? どうして本物だと言わなかった?」

スタイン教授は再び沈黙した。

窓の外に流れる丘陵《きゅうりょう》風景に眼をやって嘆息する。

「わたしは何十年も前からあの絵を見てきた」

「………」

「それこそきみやお父上が生まれるずっと前からだ。今までの三枚の贋物はどれも非常によくできている。

認めたくはないが、ドミニクの魂《たましい》に迫るものがある。それは確かに感じ取れる。あの天使にしても本物が見せる表情の一つには違いないのだが……」

「言い換えれば一つしかない」

スタイン教授の鋭い視線がリィを見た。

リィも真面目な顔で教授を見つめて頷いた。

「おれにはドミニクの魂はわからない。わかるのはあの天使だけだ。いつも決まり切った同じ表情しか見せてくれないってことは、あそこに描かれている天使がつくりものだってことだよ」

厳しい教授の顔が少しほころんだ。

「つくりものか……。うまいことを言う」

リィもちょっと笑った。

「本物ならそんなことはない。さっきの絵にしても、本物が見せる表情の一つって言うけど、少なくともおれは見たことはないよ。上辺《うわべ》がきれいなだけの、中身の空っぽなあの天使なんてね――」

「空っぽではない。虚無《きょむ》を見ているのだ」

「本物ならそうだろうけど、さっきの天使は違うよ。何も見てないし、見えないんだ。ドミニクが描いた天使ならそんなことは絶対ない」

きっぱりと言ったリィだった。

「ドミニクはデッサンの天才で、その本質まで描《えが》くことができた。それなら描《か》かれたものは生きている。――おれは初めてあの絵を見た時、そう思ったよ。この絵の中で本当に天使が生きているって」

スタイン教授は驚きに眼を見張った。

呆気にとられて少年の美しい顔を眺めていたが、やがてその顔に微笑が広がり、力強く頷いた。

「そうとも。その通りだ」

「だけど、さっきの絵は生きてるようには見えない。だからいつ見ても表情が変わらない。同じなんだ。教授はおれなんかよりずっとドミニクに詳しいのに、どうしてそれがわからないのかな？」

教授は小さく舌打ちすると、やっと普段の調子を取り戻して厳めしく言った。

「簡単に言ってくれる。だから子どもは好かんのだ。本当のことを言えば済むと思っている」

当たり前の子どもなら大人に不機嫌になられたら少しは小さくなるが、リィは笑って言い返した。

「大丈夫。それを言うなら教授も充分子どもだよ」

教授はますます眼を剝き、今度は卿に嚙みついた。

「ヴァレンタイン卿。失礼だが、お子さんの教育がなっていませんぞ」

卿より先にまたリィが真面目くさって言う。

「都合の悪いことを指摘されたからって怒らない。それに、おれはアーサーに育てられたわけじゃない。アーサーに文句を言うのは筋違いだぞ」

「お父上を呼び捨てにするとは何事だ！」

スタイン教授はますます真っ赤になって怒ったが、当の卿は懸命に笑いを嚙み殺していた。

9

一時間後、グレン警部はマーショネス警察病院でベネットを尋問していた。

「あんたもずいぶんと阿漕《あこぎ》な商売をしたもんだな。ゲランティーノに贋作《がんさく》を売りつけるとは」

ベネットは寝台にぐったりと身体をもたせかけて、両手に包帯を巻いていた。

警部の顔を見ても無反応だったが、この言葉には顔色を変えて問い返してきた。

「なんだって？」

「あんたの度胸には感心する。百億もふんだくって贋物を売りつけるとはなかなかできることじゃない。教えてくれよ。本物はどこに隠してあるんだ？」

「あんた何を言ってるんだ⁉」

ベネットは驚愕《きょうがく》して叫んだ。

「俺がゲランティーノに贋作を売りつけた？　冗談じゃないぜ！」

「だが、現実にゲランティーノの屋敷にあった絵は贋物なんだ。もしこのまま本物が出てこなければ、あんたの罪状は窃盗《せっとう》じゃすまない。第一級文化財保護法違反だ。五十年は食らうぞ」

「待てよ！　いいから話を聞け！　俺は間違いなくゲランティーノに本物を渡したんだ！」

不自由な手を振り回してベネットは力説した。

「いいか！　あんたにはわからないかもしれんが、この商売は信用が第一なんだ。百億の大金を取って贋物を売りつけて、そのまま何食わぬ顔でこの街で商売を続けていられると思うのか？　あんたの言う汚い仕事を、よりにもよってゲランティーノ相手にやってまんまと金をせしめたんなら、俺はとっくに行方をくらましてるよ！　命が惜しいからな」

ゲランティーノは裏社会にも顔が利く。

自分を裏切り、自分の顔に泥を塗ったベネットを
そのままにしておくとは思えないのだ。

信用第一はともかく、ベネットはこうした商売の危険性をよく知っている。偽物を売って大金を手にしながらマーショネスに居続けるわけがないという言い分には説得力があり、筋が通っている。

意外な展開になってきた。

警部はベネットがゲランティーノを騙《だま》したものと考えていたが、ベネットもゲランティーノに本物の絵を売ったと思い込んでいるとしたら——。

「あんたじゃないなら誰だ?」

と、グレン警部は言った。

「他の誰が『暁の天使』を贋物とすり替えられる? グラスバーン建装の職員か?」

「あいつらにそんな度胸はない」

吐き捨てるように言うと、ベネットは探るような眼で警部を見た。

「案外ゲランティーノが隠してるんじゃないのか? 本物を持っていることがばれたらあいつも重罪だ。だから俺が贋物を売ったなんて白々しい嘘《うそ》をついて、一人だけ助かろうとしてるんじゃ……」

警部は首を振った。

「それこそありえない。ゲランティーノは心底からあんたに騙されたと思って憤慨《ふんがい》しているからな」

ベネットは青くなった。

それでは怪我《けが》が治って刑務所に入ったところで、そこで何が起きるかは火を見るより明らかだ。

すっかり狼狽して訴えてきた。

「あ、あんた、警部さん。俺を見殺しにする気か! 頼む——助けてくれ!」

「だったら正直に話してもらおう。まず、あんたはグラスバーン建装のライアン・ポターを抱き込んで『暁の天使』を盗ませた。間違いないな?」

「ああ、俺に絵を渡して、奴らはすぐさま高飛びだ。その時点では間違いなく本物だった」

命がかかっているだけにベネットも必死である。

警部はさりげなく訊《き》いてみた。

「本当にポターを除外していいのか？　あんたには贋物を渡して、エレメンタルにも別の贋物を残して、自分は本物を持って逃げたのかもしれないぞ」

ベネットは馬鹿にしたような眼で警部を見た。

「何もわからん素人《しろうと》がよく言うぜ……いいか、あの贋作はそんじょそこらの贋作とは出来が違うんだ。ポターは贋作者とはいっさい接触してない。つまり、あれと同じ出来の贋作は用意できない。結果としてポターは俺に本物を渡したんだ」

「そう言うあんたはどうなんだ？　その出来のいい贋作と真作の見わけがつくのか？」

「ああ。そりゃあ臭《にお》いだよ。薄荷《はっか》の臭いだ」

警部は思わず問い返した。

「何だって？」

「あいつ、しょっちゅう薄荷飴《あめ》を囓《かじ》ってやがるのさ。その量たるや半端じゃない。絵にまで移るくらいだ。しばらくすれば消えちまうが、咄嗟《とっさ》に見極めるにはそれで充分なのさ」

「絵の臭いを嗅《か》ぐ？　変わった鑑定法だな」

警部は笑ったが、ベネットは真面目である。

「言ったはずだ。あいつの贋作は特別だってな」

「ほほう」

グレン警部はますます興味深げに笑って見せた。

「それほど腕のいい贋作者を抱えているなら、他の仕事でもさぞかし稼いだんだろうな？」

図星を指されて少しは焦《あせ》ったり慌《あわ》てたりするかと思いきや、ベネットの反応は予想外のものだった。

憐《あわ》れみの笑いを浮かべて首を振ったのだ。

「残念ながら世の中そこまで甘くはない。あいつは『暁の天使』しか描けない。あの絵にとことんまでいかれたくちなのさ」

ここでベネットははっとなった。

「そうか！　あいつだ！　ドミニクの野郎だ！」

「ドミニクだって？」

「本名は俺も知らん。ドミニクの生まれ変わりだと思い込んでやがる、いかれた野郎さ。あいつが絵をすり替えたんだ！　間違いない！」

「その根拠は？」

「ポターから絵を受け取った後、ゲランティーノに渡すまで、あいつの作業場に絵を隠してたからさ！あの野郎にこんな知恵があるとは思わなかったんで油断してたが、それに間違いない。俺が絵の傍《そば》から離れたのはあの時だけなんだからな！」

グレン警部は大きな身体でずいと迫った。

「その自称ドミニクはどこにいる？」


リィとシェラはヴァレンタイン卿の宿泊先である、シティのカレーシュホテルに落ちついていた。

ホテル・パレスのような豪華絢爛《けんらん》さはないものの、洗練された上品な佇《たたず》まいと磨《みが》き抜かれた接待《サービス》を誇り、国内外を問わず多くの著名人に愛されている。

三人が食堂に陣取って遅めの昼食を取っている時、グレン警部から連絡が入った。


通話に出たリィは単刀直入に訊いたのである。

「絵はどこだって？」

「ああ。ベネットが言うには自称ドミニクの生まれ変わりの画家がすり替えたらしい」

「ははあ。本名はチェスター・ビートンかな？」

「まず間違いないだろう。今から部下を迎えにやる。たびたび悪いが、来てくれないか？」

「わかった。待ってる」

リィは同席していたシェラとヴァレンタイン卿に事情を説明してロビーで待っているように言うと、ホテル内の恒星間通信施設に向かった。

呼び出した先は連邦大学スヴェン寮である。

現地時間は既に深夜だが、本人は寮にいない。

そこでリィはサフノスク校の夜間受付に掛け直し、この時間まで学生が残っている構造学科の研究室につないでもらって、やっと本人と話ができた。

相手は珍しくも非常に忙しそうで、焦っていた。

「ごめん、エディ。今ちょっと時間ないんだ。班の研究発表がもう大詰めで、なのに未だに実験数値が揃《そろ》わなくて、もうてんてこまいなんだよ」

「こっちも急いでるんで手短に訊く。ドミニクって画家を覚えてるか？」

「もちろん。覚えてるよ」

「どんな人だった？」

「ずいぶん曖昧《あいまい》な質問だね。――どうかした？」

「これからそのドミニクの生まれ変わりだっていう人に会いに行くからさ」

「へえ、そうなんだ。よろしく伝えてくれる？」

「だから本物かどうか見分ける手掛かりが欲しい。何かないか？」

「うーん。手掛かりねえ……」

「彼とはどんなことを話した？」

「そうだねえ……。『ここはどこ？』って訊いたら、眼を丸くして『ぼくの家だ』って。だから『ぼくの家はどこ？』って訊いたら『ブルトン川のほとりに建ってるよ』って。で『ブルトン川はコターニュを流れる川でコターニュはセルヴォン区域圏の一つで、セルヴォン区域圏は五つの県からなる地域のことでクランボー大陸の西南にあって、クランボー大陸は惑星グェンダルの表面にある』ここで息継ぎして、『だけどグェンダルが宇宙のどこにあるかはぼくも知らない』って一気にしゃべった」

リィは思わず笑ってしまった。

「親切な人だな」

「ぼくもそう思った」

「彼はルーファを見てなんて言った？」

「あれを自分で言うのはちょっと恥ずかしい」

「……そう？」

「一生分の誉《ほ》め言葉を聞いた気がするもん。それと、彼は眼をきらきらさせてた。本当に楽しそうだった。一緒にいるこっちまで嬉《うれ》しくなるような人だったよ。――こんなところでいいかな？」

「ありがとう」

リィは通話を切ってロビーに向かった。

マーショネスは経済の活発な華やかな都会だが、そうした都会につきものの裏の顔も持っている。

警察車両が向かった先は昼間でもどこか薄暗い、汚れた集合住宅が建ち並ぶ一角だった。

見るからに貧民窟《スラム》である。

お世辞にも風紀がいいとは言えない場所なので、ヴァレンタイン卿は車の中で顔をしかめている。

「あまり長居はしたくないところですな」

「申し訳ない。少し辛抱してください。部下からの報告では本人は外出しているというのです」

「すぐに戻ってくるんですか？」

「そのはずです」

リィとシェラ、それにヴァレンタイン卿を乗せた警察車両は目的の建物の周囲を走っている。

停車してしまったのでは目立つからだ。

同様にシーモア館長とスタイン教授も別の車両でこの近くを走っているはずだった。


「あの建物がそうです」

警部は車内から、今にも倒壊しそうな古びた雑居ビルを指し示した。

「自称ドミニクは最上階に住んでいるようですが、入口は半分崩れて昇降機も止まっているそうです。住人は彼だけで、非常階段で出入りしているらしい。戻ってくればすぐわかります」

リィはちょっと呆《あき》れたように呟《つぶや》いた。

「お金持ちのパトロンがついたにしては、ずいぶん粗末なところに住んでるんだな。ビートンのことは何かわかった？」

「ああ。だいたいは前にきみから聞いたとおりだ。九七四年にオルセン美大に入学したが一年で中退、九八四年から行方不明。以来七年、納税記録、保障記録など社会と関わった形跡はいっさいない」

車内の通信機が鳴って、刑事の一人が報告した。

「警部、男が戻ってきました」

「よし。——しばらく待機していてください」

リィたちを車内に残してグレン警部は車を降りた。

学生簿に残っていたビートンの写真をベネットに見せたところ、同一人物とは思えないという答えが返ってきた。

十七年前の写真は青白い顔の理知的な青年だが、ベネットが話した人物の人相風体は四十歳くらい、ひどく痩《や》せていて背が高く、猫背で、老人のような歩き方をする。白髪混じりの髪は肩まで伸びていて、もじゃもじゃの髭《ひげ》も相まって人相がよくわからない。

今まさにその通りの男が非常階段を登っていった。

部下に合図すると、グレン警部は足音を立てないように非常階段を登り、『お届けものです』と声を掛けて、扉が開くのを緊張とともに待った。

「動くな！　警察だ！」

扉を開けた髭面の男はその姿勢のまま固まって、ぽかんと刑事たちを見返していた。

抵抗する意志はまったくないらしい。

「警察だ。手を挙げろ」

男はこの指示にも素直に従った。

刑事たちはいっせいに室内に突入した。

するとそこには、倒壊しそうな外見からは予想もつかない快適な空間が広がっていた。

昇降機も動いていないのに、ここにだけは動力が供給されていて空調が効いている。

室内はヒックス刑事が舌打ちしたほど広々として、天井は高く、部屋の片隅には寝台が置かれている。別の一角には台所がある。

この部屋が作業場でもあり、寝室でもあるようで、部屋のほぼ中央には画架が立てられ、到るところに絵の具や筆が散らばり、新しい画布もある。

家具や調度品は豪華とまでは言えなくても、質《しつ》のいいものばかりだったが、室内に入った刑事たちは揃って顔をしかめた。何やら異臭がするのだ。

絵の具とは別の異様な臭いが部屋に漂《ただよ》っている。

壁に本物の暖炉があり、残り火が燃えている。

どうやらその臭いらしい。

そして画架に乗せられた描きかけの絵はまさしく『暁の天使』だった。

制作中とはいえ、素人にもわかる見事な筆致だ。

しかし、既に本物とすり替えたはずなのに、なぜ新たな贋物を描いているのかは謎である。

絵の捜索は部下に任せて、グレン警部はさっそく髭面の男を尋問した。

「名前は?」

「ドール・ドミニク・アンリコ」

「本名を訊いているんだ」

「わたしの名前はドール・ドミニク・アンリコだ」

どんなにそらとぼけても、グレン警部は人の顔を見分けることに掛けては自信がある。

美大の履歴《りれき》によれば、まだ三十五歳のはずなのに四十を遥かに過ぎて見える。口元も顔の輪郭も髭と髪に隠れているが、目元は間違いなくチェスター・ビートンのものだった。

しかし、グレン警部はすぐに気づいたが、それは明らかに正気を欠いた人の眼でもあったのだ。

部屋中を捜し回る刑事たちを見ても騒ぐことなく、不満そうな口調で訴えてくる。

「納期にはまだ早いだろう。今は仕事中なんだよ。邪魔をしないでくれないか」

この男は演技をしているわけでも、とぼけているわけでもない。本心から言っているのだといやでも悟らざるを得なかった。

これではこちらの質問を理解できるかも怪《あや》しい。

グレン警部が苦い顔で対応を考えているところへ、シーモア館長とスタイン教授が駆けつけてきた。

七階まで一気に非常階段を登ったシーモア館長はもどかしげに叫んだのである。

「『暁の天使』は?」

一方、スタイン教授は描きかけの絵を見て思わず唸《うな》った。髭面の男に話しかけた。

「これはきみの作品か?」

「そうだよ」

「今までの三枚もか？　いつから描いている？」

「教授、そんなことはどうでもいいでしょう」

シーモア館長が苛立《いらだ》たしげに教授を遮《さえぎ》り、焦燥《しょうそう》も顕わに男を詰問した。

「正直に言いたまえ。絵はどこにある？」

「そこにあるじゃないか。今描いているんだ」

「本物の『暁の天使』はどこかと訊いてるんだ！」

「ここにある。わたしの描いた絵こそが本物なんだ。わたしがドミニクなんだからね」

うっとりした表情を浮かべて言うと、男は上着のポケットから小瓶を取り出し、飴を口に放り込んでがりがり囓りだしたのである。

強烈な薄荷の臭いが辺りに漂い、スタイン教授は顔をしかめてグレン警部に尋ねた。

「……こやつは少々頭がおかしいのか？」

「少々ではなくかなりおかしいようです。どうやら本気で自分がドミニクだと思い込んでいるらしい」

刑事たちは部屋中を捜し回ったが、無駄だった。


ゲランティーノの屋敷と違って、捜す場所はそう多くない。少なくともここに隠し部屋は絶対にない。

それなのに絵が見つからない。

ビートンにいくら問い質しても、返ってくるのは的はずれの答えばかりだ。

こうなったら警察にできることはない。後は精神科医の出番である。

そこに金髪の少年が顔を出した。

もちろん保護者と付き添いも一緒である。

「待ちくたびれたから来ちゃった。——絵は？」

警部は簡単に事情を説明した。署に連行して精神科医の手に委《ゆだ》ねるつもりだと言ったところ、少年は何を思ったか、自称ドミニクのビートンに近寄って、しげしげとその狂った眼を見上げたのだ。

「画家のドミニク？」

「そうとも。ドール・ドミニク・アンリコだ」

「じゃあ、ぼくの家はどこ？」

「わたしの家はグェンダルのマセラだ。オリー県の外れにある田舎町《いなかまち》……懐かしい。牧畜が盛んだったあの町に帰りたいものだ……」

金髪の少年は露骨《ろこつ》に馬鹿にした顔で言った。

「なあんだ。本物かと思ったら、ただの贋者か」

頭の機能が狂っていても嘲笑《ちょうしょう》は感じ取れるらしく、ビートンは顔色を変えて言い返した。

「贋者ではない。わたしが本物のドミニクだ」

「その証拠がどこにある？　おまえはただの贋者だ。おまえの描く絵と同じ、価値のないがらくただよ」

ビートンの顔がますます紅潮する。

「おまえにわたしの何がわかる⁉」

「わたしじゃないだろう？　もちろん何も知らない。おれが知っているのはあの天使のほうさ」

今度はビートンが嘲笑する番だった。

「愚《おろ》かなことを。あの天使は実在しない」

「へえ？　そう思ってたんだ。どうりで。おまえの描く天使が下手《へた》なつくりものみたいになるわけだ。ただの想像で描いてたんじゃ無理もないな」

「でたらめを言うな！　想像とはなんだ！　あれは究極の美であり、実在し得ない真理の体現だ！」

「どっちがでたらめだ。本物のドミニクなら、あの天使と何を話したか覚えているはずだぞ」

ビートンは完全に逆上して喚《わめ》いた。

「嘘をつくな！　永遠の真理は人と話などしない！　ただわたしだけが！　わたしの天才の筆だけが！　長い苦悩と葛藤《かっとう》の末に至高の存在を美の化身として表すことを可能にしたのだ！」

「苦悩と葛藤？」

リィはくすりと笑った。

「おまえはあの天使のことを知らないだけじゃない。ドミニクのことも何も知らないんだな。ドミニクはいつだって楽しんで絵を描いてたんだ。苦悩と葛藤なんて一番ドミニクらしくない言葉じゃないか」

「違う！」

ビートンは今や口から泡を吹かんばかりだった。

「おまえは嘘つきだ！　ぼくがドミニクなんだ！

ぼくの描いた『暁の天使』こそが本物なんだぞ！」

「そうか」

突然態度を翻《ひるがえ》してリィはあっさり頷《うなず》いた。

「それじゃあ、エレメンタルにあった絵だ」

以前はエレメンタルにあった絵だ」


泣きそうな顔から一転して、ビートンはたちまち上機嫌になった。にやにや笑いながら言った。

「そうだよ。あれは贋物なんだ。あんなものがこの世にあっちゃいけないんだよ。紛《まぎ》らわしいからね」

「どこにある？」

「そこだよ」

ビートンの視線を追って、全員の眼がいっせいに壁の暖炉に集中した。

この部屋に入った時から感じていた異臭の原因がそこにあった。薪《まき》以外の何かが燃やされたのだ。

恐らくは何か大量の油を含んだものが。

シーモア館長が息を呑《の》んだ。

スタイン教授は転がるように暖炉に駆け寄った。


薪に見えたものは画布を張る木枠だった。粉々に砕かれた破片がかろうじて燃え残っている。

さらにもっと恐ろしいものがあった。

完全に燃えてほとんど灰になってしまった画布を見た途端、教授は身も世もない悲鳴を上げた。

我を忘れて画布の残骸を素手《すで》で摑《つか》もうとするのを、見ていた刑事たちが慌てて止める。

「だめです！　火傷《やけど》しますよ！」

「な、なんという……なんという……！」

教授は床にがっくりと両手をついたのである。

シーモア館長は恐怖のあまり蒼白《そうはく》になった顔で、いたくご満悦の様子のビートンを茫然《ぼうぜん》と見つめて、しわがれた声を絞り出した。

「あ……『暁の天使』を燃やしたのか⁉」

「違うね。燃やしたのは贋物だよ。本物はちゃんとエレメンタルに飾ってある。これからもずーっとね。ずーっとあそこに飾られるんだ」

ビートンは楽しげに言ってまた小瓶を取り出した。

一度に何粒も飴を口に放り込んで噛《か》み砕く。

「わたしは忙しいんだ。次の仕事があるんだから、早く絵を仕上げなくちゃ……」

満足そうだったビートンの様子が急に変わった。

不思議そうに喉《のど》を押さえて「え……？」と呟いたその顔がみるみる青ざめ、苦痛に歪《ゆが》んだのである。

「……ぐあっ！」

ひょろ長いビートンの身体が音を立てて倒れても、ほとんどの人間は何が起きたかわからなかった。

グレン警部でさえ咄嗟には対応できなかったが、間髪を容《い》れずに動いたのは金髪と銀髪の少年たちだ。

床で激しく痙攣《けいれん》するビートンを仰向けに寝かせて気道を確保し、脈を診て同時に叫んだ。

「救急車だ！」

「早く！」

刑事たちが慌てて連絡する。その間もビートンはのたうち回って苦しんでいる。

大人でも怯《ひる》む場面なのに——事実、教授も館長もヴァレンタイン卿も硬直していたが、リィは暴れるビートンを押さえつけて冷静に言った。

「飴の瓶だ、シェラ。——素手では触るな」

「はい」

頷いたシェラは手巾《ハンケチ》を使って上着のポケットからそれを取り上げ、グレン警部に差し出した。

「どうぞ。これが毒物だと思います」

まったくこの子たちは——と思いながらも慎重に瓶を受け取った警部はさすがに語気を荒らげた。

「二人とも！　それは警察の仕事だぞ！」

「わかっています。ですからお渡ししました」

シェラが平然と言えば、リィもビートンから手を放して立ちあがった。

「救急隊の誰かがうっかり触ったら危ない。警部が保管して調べるべきだろう」

救急車が到着したのは五分後だった。

ビートンは総合病院に搬送されて手当を受けたが、助かるかどうかは微妙なところだという。

一方、暖炉から見つかった燃え残りの木枠と灰はただちにエレメンタルに運ばれた。

これが本物の『暁の天使』の残骸かどうか一刻も早く確かめなくてはならなかったからだ。

スタイン教授とシーモア館長が娘の葬儀《そうぎ》に向かう父親のような顔つきでエレメンタルを目差したのは当然としても、リィとシェラ、ヴァレンタイン卿もそれにつきあった。

あの絵が本当に灰になってしまったのか、リィもできるだけ早く知りたかったのである。

エレメンタルではブライト副館長が首を長くして朗報を待っていた。しかし、そこに戻ってきたのは美しかった人類の至宝とは似ても似つかない無惨《むざん》な残骸だったのだ。

「ま、まさか……こ、これが？」

副館長は大きく喘《あえ》ぎ、必死の眼を上司に向けたが、シーモア館長にもスタイン教授にも返す言葉がない。

常軌を逸したビートンの様子を目の当たりにしているだけに、気休めは言えなかったのである。

館長が自らを奮《ふる》い立たせるように言った。

「結論を急ぐのは危険だ。とにかく調べさせよう」

リィたちは応接室に通されて鑑定結果が出るのを待ったが、それは果てしなく長い数時間だった。

ブライト副館長はじっとしていられずに部屋中を歩き回っている。

スタイン教授も似たようなものだ。

シーモア館長は長椅子に座って動かず、重苦しい表情で沈黙している。

同席したヴァレンタイン卿も困ってしまった。

間違っても世間話をする雰囲気ではなかったので、少年たちとともにひたすら待った。

陽が暮れる頃、職員が気を利かせて簡単な食事を用意してくれた。さらにエレメンタルが閉館時間を迎えた後、ようやく地下の研究室から報告が届いた。

細かく裁断されて燃やされたため、真贋の鑑定は不可能だったが、画布は六五〇年製のカーマンディ、かろうじて判別できた絵の具は同年代のクレープス。何より決定的だったのは燃え残った木枠の断片からエレメンタルの刻印が見つかったことだ。

スタイン教授は絶望に天を仰ぎ、シーモア館長はがっくりと肩を落として項垂《うなだ》れた。

二人は心のどこかで覚悟していたからこの程度で済んだが、ブライト副館長はそうはいかなかった。

あまりに辛い現実を突きつけられた人がしばしばその事実を受け容れまいと反発するように、無理に乾いた声を出した。

「ただの偶然でしょう。同年代の画布や絵の具ならいくらでもあります」

「ブライトくん……」

シーモア館長がゆっくり首を振る。

「きみの気持ちはわかる……痛いほどよくわかるが、事実は事実だ」

「いいえ、館長。こんなことはありえません。誰が『暁の天使』にあんな――あんな暴挙を加えようと思うものですか」

「やった男は正気ではなかったのだよ。悔《く》やんでも悔やみきれないが……」

スタイン教授が杖をつきながら窓の側に歩み寄り、夜空を睨《にら》みつけながら呻《うめ》くように言った。

「どんなに素晴らしい芸術も失われる時は一瞬だ。一人の男の……あんな愚かな男の行為によって……もう二度とあの天使に会うことがかなわないとは。――残念だ」

ブライト副館長の身体が大きくよろめいた。

長椅子に突き当たって、どすんと尻から落ちる。

表情豊かな眼が今は恐ろしいくらい虚《うつ》ろだ。

その眼にみるみる涙が盛り上がってきたと思うと、副館長は人目も憚《はばか》らず号泣したのである。

見ていたリィのほうが驚いた。シェラもだ。

泣きじゃくる部下に館長が慰《なぐさ》めの声を掛けた。

「ブライトくん……残念だった。本当に残念だった。強いて言うなら、我々は運が悪かったのだよ」

「で、ですが……『暁の天使』が……！」

「わかっている。これは到底、エレメンタルだけの問題ではすまない。わたしが辞任して済むものでもないだろうが、責任はわたしが取る」

「シーモア館長……」

扉を叩く音がして、グレン警部が入って来た。

何か言う前に重苦しい雰囲気と全員の表情を見て、警部は鑑定結果を悟った。おもむろに姿勢を正すと、シーモア館長に向かって深々と頭を下げた。

「このような結果になって申しわけありません」

「いいえ……。警部はよくやってくださいました。あの犯人はどうなりましたか？」

「先程、死亡が確認されました」

犯人が自殺し、責任能力もなかったというのでは立件することもできない。第一そんなことをしても燃やされた絵が戻ってくるわけもない。

応接室は再び重苦しい沈黙に包まれた。


ヴァレンタイン卿は丁重な別れの言葉を告げて、少年たちを連れて応接室を去った。

グレン警部も同様にして館長たちと別れ、彼らは一緒にエレメンタルの玄関に向かった。

卿がさすがに疲れを感じた口調で言う。

「とんだ一日だったな……。あの素晴らしい芸術が燃やされて、犯人が自殺するなんて」

リィの緑の眼がちらっとグレン警部を見た。

意味ありげな視線だった。

シェラの紫の眼も物言いたげに警部を見上げて、そっと気遣うようにヴァレンタイン卿を見る。

グレン警部は内心でため息を吐いて立ち止まり、さりげなくヴァレンタイン卿に話しかけた。

「卿。息子さんに少し確認したいことがあるので、先に車で待っていていただけますか」

「――？　わかりました」

怪訝《けげん》そうな顔の卿が一人で先に行くのを見送ると、リィはまっすぐグレン警部を見上げて言った。

「本当に自殺だと思う？」

「ビートンは自分で毒を取り出して自分で飲んだ。あの状況では自殺と判断するしかないんだよ」

「仮に一瓶に百個の飴が入っていたとして、誰かがその一個だけ毒入りと取り替えたとしたら？」

シェラも考えながら言ってきた。

「あの人は飴を囓るのが習慣だったようですから、一日三粒ずつ召し上がったとしても、一ヶ月あれば確実に当たります」

「あの調子じゃ一日十個以上食べてたんじゃないか。それならもっと早い」

今度ははっきり嘆息《たんそく》した警部だった。

まったくこの子たちといると本当に警察の出番がなくなりそうである。

「それを言うためにお父さんを遠ざけたのか？」

「こんな話はあまりアーサーに聞かせたくないんだ。苦しみ出す直前のビートンの顔を警部も見ただろう。あれは知らないで毒を飲んだ人の顔だよ」

「どうしてわかる？」

「実際に見たことがあるからさ」

その意味を理解してグレン警部は顔色を変えたが、リィはかまわずに淡々と続けた。

「自分の身体に何が起きたのか理解していない顔だ。覚悟して毒を呷《あお》ったならそんなはずはない」

シェラも頷いている。

「自殺しようとして毒を飲んだ人が現実に体験する苦痛に驚き、恐怖に駆られて、助けてくれと命乞いするのはわかります。それならよくあることです。覚悟を決めたつもりでも人間はなかなか死にきれるものではありませんから。ですけど、自分で飲んだ毒の効果が現れて怪訝な顔をする人はいません」

完全にお手上げだと思いながら警部は言った。

「わかった。確かに自殺と判断するには不審な点が多いのは認めるが、他殺だとしたらいったい誰が？なんのためにビートンを殺すんだ？」

「それを調べるのが警察の仕事でしょ？」

この子羊の皮と中身の狼《おおかみ》の使い分けは、はっきり言って卑怯《ひきょう》だと警部は思った。

しかも困ったことに筋が通っている。

卿たち三人と美術館の前で別れたグレン警部は、再び警察病院のベネットを訪れた。

ビートンが『暁の天使』を燃やした上、自ら命を絶ったことを告げると、ベネットは苦い息を吐いた。

「かわいそうにな。あいつも……」

「どうしてかわいそうなんだ?」

「結局あいつが一番『暁の天使』に捕まってたってことさ。あんたには加害者に見えるのかもしれんが、俺に言わせればあいつも立派な被害者だよ」

警部は椅子を持ってきてベネットの枕元に座った。

「悪いが俺は美術品はさっぱりなんでね。素人にもわかるように説明してくれ」

「警部さん。俺たちの間には天使には惚《ほ》れるなって格言がある。ドミニクには熱狂的な蒐集家《コレクター》が多いが、中でもあの絵は特別でね。あの絵には人が狂うのさ。盗品とわかっている絵が売買されるのは、それが『知る人ぞ知る名品』だからだ。世間にはほとんど知られずに埋もれていたお宝だからこそ、もしくはあまり注目されない美術館にひっそり飾られていた名作だからこそ、自分だけのものにする喜びがある。言い換えれば、エレメンタルみたいな巨大美術館の目玉として大衆にまで広く認知されている作品は、今さら自分だけのものにするも何もないだろう?　そういう有名品は——名品じゃないぜ、有名品だ、俺たちも扱わない。顔が売れすぎていて需要がない。ところが『暁の天使』だけはちょっと様子が違う。あれだけ名前が通った絵だと、蒐集家も普通は手を出そうなんて考えないんだが、どうしてもあの絵が欲しいっていうやつが時々出るんだ。——俺たちはそれを天使に狂うと言ってる」

「わからんな。どこがどう違うんだ?　不法に絵を欲しがるという意味では同じだろう」

ベネットは舌打ちした。

「たとえばだ、滅多にないきれいな花が一輪だけ、崖《がけ》の上にひっそり咲いているとする。人間ってのはそうなると危険を冒して摘みに行きたくなるもんだ。ところが、誰もが涎《よだれ》を垂らして欲しがる貴重な花が見渡す限りの花畑として眼の前に広がっていたら？　誰も触らないぜ。眺《なが》めるだけで腹一杯だからな」

「逆だろう？　こんなにたくさんあるんだからと、みんな大喜びで摘むのが普通じゃないのか」

ベネットはますます苛立たしげに舌打ちした。

「そうじゃないって。血の巡りが悪いな。崖に咲く花は一本だけで一つ。花畑は丸ごとで一つなんだぞ。とても自分の両手では抱えられないその花畑をだ、丸ごとそっくり持って行こうなんて考えるか？」

やっと納得した警部だった。

「あんたが言いたいのは、有名な作品は獲物として狙うにはでかすぎるってことか？」

「そうだ。いろんな意味ででかすぎる。名品は高く売れるが、あまりに名前の通った作品は売ろうにも逆に売れない。——それがこの世界の常識なんだが、『暁の天使』だけは違うんだ。天使に狂ったやつはたいてい同じことを言う。あれも不思議なんだが、自分のものにしたいっていうよりは、大勢の人間があの絵を見るのが気に入らないらしい」

「どういう意味だ？　美術館にある絵だぞ」

大勢の人が見るのは当たり前ではないかと言うと、ベネットは皮肉に頷いた。

「そこさ。美と芸術のなんたるかもわからない素人連中があの天使に不躾《ぶしつけ》な視線を送るのが許せない。そんな連中に、あの天使が美しい姿を惜しげもなく振る舞うのが我慢ならない。言うなれば自分一人が鑑賞するべきであって、他の誰にも見せたくない。そういう理屈だ。ゲランティーノもその一人さ」

「そりゃまた立派な蒐集家心理だな」

「度が過ぎるんだよ」

ベネットは苦々しく吐き捨てた。

「ゲランティーノはあの絵が手に入るなら五年でも

十年でも待つと言った。ほとんど執念だ。それでも百億で売れれば充分元が取れる。だからドミニクの野郎を三年も飼っといてやったのに……」

「三年？」

「そうさ」

「あんたがビートンと——自称ドミニクのことだが、組んだのは三年前なのか？」

「ああ、それがどうかしたか？」

グレン警部は少し考えると、答えのわかっている質問をした。

「一応訊くが、エレメンタルから身代金を取ろうとしたのはあんたじゃないんだな？」

「なんのことだ？」

「展示中の『暁の天使』は贋物だって手紙を館長に送って、本物を返してほしかったら十億の身代金を払えって要求してきたやつがいるのさ」

ベネットは絶句した。

穴の開くほど警部を見つめて、怨嗟《えんさ》の声で唸った。

「どこの阿呆《あほう》がそんな間抜けをやったって？」

「まったくな」

ベネットは絵の盗難が表沙汰《おもてざた》にならないことを条件にゲランティーノに話を持ちかけている。

本物を売ったつもりで代金を受けとったのだから、わざわざ余計な波風を立てるはずもない。

つまりあの脅迫《きょうはく》がなかったら、そしてあの金髪の少年さえいなかったら、ベネットの商売はまんまと成功していたわけだ。

「あんたの仕事がうまくいったことを知った誰かが、十億の小遣い稼ぎをしようとしたのかもしれないぞ。セントラル内の発信だったからポターじゃないのは確かだが、あんたが倉庫に集めたお仲間か？」

「それはない。あいつらには何も知らせてない」

するとと残るはビートンということになるが、彼にそんな知恵があったとは思えないのだ。

警部は一つ気になっていたことを訊いてみた。

「俺たちが部屋に踏み込んだ時、ビートンは新しい

『暁の天使』の贋作を描いてたが、どうしてだ?」

「ああ。あいつはそうなんだよ。描いても描いても忘れちまうんだ。この三年、ずっとそうだった」

「つまり? 何枚も『暁の天使』を描いていた?」

「ああ。それこそ数え切れないほどな。ひどい時は部屋中に『暁の天使』の贋作が立てかけてあるんだ。おかげで選び放題だったがね。特に出来のいいのを選んでポターに持たせてやったってのに……」

「それじゃあ、使わなかった贋作はどうしたんだ? あの部屋には描きかけの一枚しかなかったぞ」

ベネットは初めて不思議そうな顔になった。

「さあ? 部屋が贋作であふれる前に減ってたから、自分で捨ててたんじゃないのか」

「あの部屋はあんたが用意したのか?」

「いや? あいつはもともとあそこに住んでたぜ」

グレン警部は深く考え込んだ。


三人を乗せた車がカレーシュホテルに戻った時は既に深夜に近い時間だった。

最終便にはまだ余裕があるので、リィとシェラは宇宙港に行くつもりだったが、ヴァレンタイン卿は子どもたちに今夜はホテルに泊まるようにと言った。

「だけど、それじゃ明日の授業に遅れるよ」

「学校と寮にはぼくが連絡しておく。おまえたちは朝から一日動き回っているんだぞ。今から戻っても授業中に居眠りするはめになるだけだ」

保護者同伴という立派な名目があるので、二人は素直に卿の勧めに従うことにした。

思いがけず息子と一緒に過ごすことになった卿は嬉しそうだったが、まず寮への連絡が先である。

卿はひとまず恒星間通信施設に向かい、その間に鍵を渡されたリィとシェラは客室に上がった。

卿が入院していた昨日も二人はここに泊まったが、その時は二人で一室を使った。

今夜はシェラは別の部屋で休むという。

「ここは卿にお譲りするべきでしょうから」

シェラは笑って、自分の荷物を持って隣の部屋に移っていったのである。

部屋に一人残ったリィは長椅子に身体を伸ばして吐息を洩《も》らした。

妙に手足が重く、倦怠感《けんたいかん》があった。

体力なら三日三晩走り続けられるリィである。

今の自分が感じているのは肉体的な疲れではなく、精神的な疲労だとわかっていた。

結局、本物のあの絵を見たのは一度きりだ。

そして、もう二度と見ることはない。

ブライト副館長のように激しい悲嘆は感じないが、残念だった。

分身ともいうべき絵が燃えてしまったと知ったら相棒はなんと言うだろうかと思った。

ふと顔に視線を感じた。身体を起こして見ると、バルコニーに人が立っていた。

ここは七階である。

そのバルコニーに人がいるのだ。

明らかな不法侵入者だが、逃げようともしない。攻撃してくる気配もない。ただ、感動を隠さない熱心な視線をリィに注《そそ》いでいる。

リィも相手を見つめ返した。

その輪郭《シルエット》には見覚えがあった。

前にエレメンタルの玄関に立っていた人だ。

無言で立ちあがってバルコニーに近づいてみると、不法侵入者は元気そうな中年の男性だった。

中背で顔つきも体つきも少しふっくらしているが、頭の回転も身体の動きも機敏そのものに見える人だ。

季節外れの黒いセーターとグレーのスラックス、なのに足元はサンダルという少々ちぐはぐな格好で、その不審人物は嬉しそうに挨拶《あいさつ》してきた。

「やあ、こんばんは」

「——誰？」

「ドール・ドミニク・アンリコ」

好奇心と喜びに輝く笑顔でその人は言った。

「あの人から聞いたとおりだ。きみはなんて眩《まぶ》しい。

なんて美しい。本当に奇跡のようだ。いくら見ても見飽きないとはこういうことを言うんだな。もっと早く出会えなかったのが残念でならないよ！　今のぼくに絵筆が握れたらいいのに！　隣の子の身体をちょっと借りたらだめかな？」

「だめ。貸さない」

少々面食らいながらリィは言った。

三百年も前に死んだ人が現れたことは驚かないが、ここまで楽しそうな幽霊は初めて見る。

何より身体がシェラで中身がこの元気な男性とは、あまり考えたくない取り合わせだった。

試すつもりで言ってみた。

「——ぼくの家はどこ？」

画家の幽霊は破顔した。

「ブルトン川のほとりにある。見たことあるかい？　きれいなところだよ。あの人も同じことを言った。あの時のことは本当に忘れられないよ！　いきなり部屋の中に天使が現れて、大真面目な顔で『ここはどこ？』って言うんだから！　おもしろい人だよね。きみもそう思わないかい？」

こんな元気な幽霊のほうがよっぽどおもしろいと思いながら、リィも笑って頷いた。

「それを言いに来たの？」

すると、おしゃべりな幽霊は急に真顔になった。

「あの絵を取り戻してくれ」

「……あの絵？」

「あれはきみに贈った絵だ。あの人に見せるために描いた絵なんだ。頼む。取り戻してくれ」

リィは呆気《あっけ》にとられた。

「だけど、あの絵は——燃えちゃったよ？」

「燃えてない！」

急に身を乗り出した幽霊にリィはのけぞった。

「燃えてない！　あの家にあるんだ！」

「……どの家？」

「青い屋根瓦《やねがわら》の家だ。門の両脇にライオンがいて、通路《アプローチ》に噴水がある。胡桃《くるみ》の丘だ」

背後で物音がした。

ほんの一瞬そちらに眼をやっただけなのに、再びバルコニーを見た時にはもう誰もいない。

ヴァレンタイン卿が部屋に入った時、彼の息子は真剣な顔でホテルの端末と取っ組み合っていた。

「何をしてるんだ？ もう遅いぞ」

早く風呂に入って寝なさいと父親らしく言ったが、息子は苛立たしげに首を振った。

「それどころじゃない。胡桃の丘を捜さないと」

「胡桃の丘？」

「門飾りや噴水つきの大きな屋敷がある丘らしい。だけど条件が曖昧すぎて捜せるかどうか……」

「ああ。ウォルナット・ヒルのことか？」

リィは驚いて父親を振り返った。

「ウォルナット・ヒル？」

その様子に卿のほうが面食らっている。

「大きな屋敷がたくさん建っているところだろう？ シティ郊外にある高級住宅街だ。超高級かな？」

「詳しい場所は！」

珍しく血相を変えている息子を見下ろして、卿はますます不思議そうに言った。

「それを訊いてどうするんだ？」

「決まってる。そこへ行くんだよ」

「エドワード。教えるのはかまわないが、おまえが行っても街の中には入れないぞ」

「どうして⁉」

「おまえはあの街の住人じゃないから」

リィはぽかんと父親を見つめた。

いったい何を言い出すのかという顔だ。

そんな息子にヴァレンタイン卿はまじめくさった顔つきで説明したのである。

「ウォルナット・ヒルには住人以外は入れないんだ。街全体が塀《へい》に囲まれていて、出入り口は一つだけだ。完全に住人限定の居住区なんだよ。塀も出入り口も二十四時間態勢で警備されているから、おまえでも突破するのは無理だぞ。百歩譲って突破できても、すぐさま警察に通報されるからな」

リィは唖然《あぜん》として卿の話を聞いていた。

それでは街ではなく城塞《じょうさい》だと思いながら、当然の疑問を口にした。

「だけどそれじゃ……たとえば友だちを呼びたいと思った時はどうするんだ？」

「あらかじめ門番に連絡する。この日のこの時間にこういう人が訪ねて来ますっていう連絡を住人から受けている人に限って中へ通してくれるんだ」

絶句していたリィは探るような眼で父親を見た。

「アーサー、ひょっとしてそこの住人に知り合いがいたりしないか？」

ヴァレンタイン卿は満面の笑みを浮かべて頷いた。

「実はいないこともない」

リィはそれ以上の笑顔で歓声を上げた。

「持つべきものは顔の広い父親だな！」

明日、リィとシェラが学校を休むことはほとんど決定的だった。

10

ウォルナット・ヒルはシティの北へ車で二十分。

街をぐるりと取り囲む壁は明るい色の煉瓦《れんが》を装い、威圧感を与えないつくりになっているが、実際には無数の監視装置が近づく者を見張っている。

この街の住人になるためには厳しい条件がある。一定以上の資産を持っていることは当然として、それ以上に素行が重視されるのだ。

銀行頭取、弁護士、大企業の役員といった堅実な職業から、俳優、芸術家、歌手など、評価の一つに『社会に貢献《こうけん》している人物』というのがある。

「だからどんなに資産があっても、あくどい手口で儲《もう》けているとか、どうも評判が芳《かんば》しくないとか、そんな人物はここには住めないのさ」

軽快な服装をしたヴァレンタイン卿は自分で車を運転しながら言った。その車もリムジンではなく、シルバーのスポーツカーである。

助手席のリィが呆《あき》れたように呟《つぶや》いた。

「その査定って誰がするんだ？」

車は午前の陽差しを浴びながら走り続け、やがてこの街のただ一つの入口だという門の前で止まった。すぐ傍《そば》の通話装置から人の声が問いかけてくる。

「お名前は？」

「アーサー・ヴァレンタイン。キム・ホッチナーを訪ねてきた者だ。今日中には帰る予定だよ」

ややあって、同じ声が言ってきた。

「どうぞお通りください」

固く閉ざされていた門が開かれる。

そこには入口のものものしさとはうって変わって、のどかな風景が広がっていた。

草花と街路樹で美しく飾られた道路を走りながら卿は言った。

「——それで？　どの家へ行きたいんだ」

「ここで降ろしてくれていいよ。ホッチナーさんのところへ顔を出さないといけないんだろう」

「馬鹿を言うんじゃない。どれだけ広いと思ってる。一軒ずつ歩いて回ったら陽が暮れるぞ」

リィは周囲を見渡し、公平に考えて卿の言い分が正しいと判断した。

「門の両脇にライオンがいる。これはたぶん彫像のことだと思うけど、玄関までの通路に噴水があって、青い屋根瓦の家だ」

後部座席のシェラが言う。

「でしたら、屋根より先にライオンを捜したほうがよさそうですね」

運転席の卿も頷《うなず》いた。

「しかも通路に噴水。それだけ大きな屋敷となると、この街にもそうたくさんはないはずだ」

ウォルナット・ヒルの中にも厳然たる『階級』があるようで、塀《へい》の傍には家の全景が一目で見渡せる、部屋数およそ十室ほどの『小振りな家』が目立ち、奥へ行けばいくほど、公共道路から玄関までの間に並木道がつくられているような『館』が増える。

ただし、建築様式には統一性がない。

重厚な煉瓦造りの古典的な家があるかと思うと、無機質な外壁の博物館のような家もある。

どんなに敷地が広くても道路から家が見えないということはなかったので、リィは笑って言った。

「不法侵入せずに屋根を確認できるのはありがたい。ドレステッド・ホールだと、門の位置からは絶対、家なんて見えないもんな」

「それはうちが田舎《いなか》だからだ。ここはセントラルの一等地だぞ。地価を考えると恐ろしくて恐ろしくて、とても住む気にはなれないよ」

そして、大邸宅ばかりが並ぶ街の中でもひときわ格式の高い一角に、彼らの目差す家があった。

開放的な家が多いこの街には珍しく、黒い鉄柵《てつさく》の門が厳《いか》めしくそびえ、その両脇には白いライオンの彫像が門を守るように後ろ足で立ちあがっている。

柵の隙間から見える通路には大きな噴水があって、景観を損なわない程度に水を噴き上げている。

さらにその奥に、青く輝く屋根瓦を葺《ふ》いた白亜の豪邸が堂々たる姿を見せていた。

三人が車を降りて屋敷を眺《なが》めていると、ちょうど大きな犬を連れた女性が通りかかった。

リィはにっこり笑って話しかけたのである。

「ちょっと訊《き》きますけど、ここは誰の家ですか？」

女性が連れていた犬は訓練された猟犬だった。

その愛犬が緊張して震えていることには気づかず、女性はただ天使のような少年の美貌《びぼう》に眼を見張って、笑って教えてくれた。

「立派なお宅でしょう。シーモアさんのお宅ですよ。エレメンタル美術館の館長さんの」

数分後、三人はホッチナー邸にいた。

といっても、実はホッチナー氏は留守で、勝手に入っていいという許可をもらっていた卿は、玄関の暗証番号を解除して子どもたちを通したのである。

ホッチナー邸はこの街の中では小振りな家だった。

氏は部屋も台所も好きに使っていいと卿に言ってくれたそうなので、それを聞いたシェラはさっそく台所に入ってお湯を沸かし始めた。

リィと卿は台所が見える居間に落ち着き、他人の家の台所で働くことに慣れているシェラは手際よくお茶を淹《い》れて運んできた。

三人はしばらく黙ってお茶を呑《の》み、それぞれ頭の中で事態を整理しようとしていた。

やがて感心したようにリィが呟いた。

「ずいぶんとまあ、念を入れたもんだ……」

シェラもため息をついている。

「考えてみれば、美術館の人ならビートンの存在に真っ先に気づきます。その模写の腕前にも」

「まずビートンを確保して、次に実際に絵を盗んでくれる人間を捜す。それからその両者を近づかせる。

もちろん自分はいっさい表に出ないで隠れたままだ。少し頭がおかしくて模写の腕は超一流、ベネットはこれは利用できるとばかりにビートンに飛びついた。それが館長の思惑通りだなんて少しも気づかずに」

自分で言って、リィは呆れたように肩をすくめた。

「ビートンを見つけて匿《かくま》ってから七年がかりだぞ。──ここまでするか、普通？」

「でも、待ってください。ベネットが本物を盗んだ直後には、館長は絵をすり替えていたんですよね？　その時点で本物は自分の手元にあったはずなのに、なぜわざわざ展示中の絵は贋物《にせもの》だなんていう脅迫《きょうはく》を自分宛に言ってきたんでしょう？」

ヴァレンタイン卿が初めて口を開いた。

「恐らく、エレメンタルに贋物を展示し続けるのは危険だと思ったんだろうな」

「同感だ。再鑑定が行われて、万が一にも贋作《がんさく》だと発覚したら徹底的な追跡調査が行われることになる。それよりは、あの絵はもうこの世には存在しないと思わせたほうが得策だ。それなら誰も捜さない」

リィが続けた。

「だからわざと年代の違う画布を使った絵を残した。最初からベネットには絵を盗んだ犯人として犠牲になってもらうつもりだったんだ。覚えてるだろう？　アーサーが拉致《らち》された工場にグレン警部がいたのは、ここで盗まれた絵の取引が行われているという『密告』があったからなんだ。ベネットが逮捕されれば、自動的にビートンにたどり着く」

ヴァレンタイン卿が硬い表情で言った。

「エドワード……」

「その名前はよせって言うのに」

「おまえの話だと、ビートンが自殺したのは館長にとって都合がよすぎないか？」

強ばった口調は、恐らく気づいているのだろう。

リィはちょっと躊躇《ためら》ったが、ごまかしても意味がないと思って言った。

「あれは自殺じゃないよ」

「シーモア館長がやったのか……？」

「それはわからない。最初に絵の身代金を要求する犯人と交渉したのは館長なんだ。その点を考えても共犯者か部下がいるのは間違いない」

シェラも言った。

「ビートンが住んでいた貧民街に館長のような人が姿を見せればひどく目立ちますからね」

ヴァレンタイン卿は息子に食い下がった。

「はっきり言いなさい。おまえは、シーモア館長がそれを指示したと思っているのか？」

リィは諦《あきら》めて肩をすくめた。

「思ってるんじゃない。確信してるよ。ビートンに消えてもらうところまで計算してたはずだ。それがたまたまおれたちの眼の前だったのは予想外だったかもしれないけど、効果は劇的だった」

「………」

「もう誰も『暁の天使』が燃えたことを疑わない。やった男は正気じゃなかった。あげく服毒自殺した。できすぎの結末だよ。真偽を確かめる方法もない」

淡々と言って、リィは難しい顔で唸《うな》った。

「今度こそ決定的に証拠がない。三百年前に死んだ画家の幽霊が出てきて、あの絵はこの家にあるって言ったなんて話しても、誰が聞いてくれる？」

シェラが真面目に頷いた。

「どう聞いても無理がありすぎます」

「だけど『暁の天使』は間違いなくあそこにある」

「エドワード……」

非常にいやな予感を覚えた卿は息子を牽制《けんせい》した。

「頼むから滅多なことを考えてくれるなよ」

「わかってる。ここであの家に乗り込んでいったらアーサーにも迷惑がかかるもんな」

リィは意外にもあっさり引き下がった。

「少なくとも絵が無事だったことはわかったんだ。どうやって取り戻すかはまた考えるよ」

「おまえにしては珍しく悠長だな？」

「だからって七年も待つ気はないけど。心配するな。

何の策もなしに突っ込んだりはしないから」

本当は、乗り込むだけなら簡単なのだ。

あそこに間違いなく絵があるとわかっている以上、絵を奪回することも難しくはない。

ただ、気づかれずにやるのが難しいのである。

覆面《ふくめん》で顔を隠しても、子どもだということは姿を見られたらいっぺんでわかってしまう。

そこからヴァレンタイン卿の長男だということがばれようものなら取りかえしがつかない。

つまるところリィは戦士なのだ。足音を立てずにこっそり忍び込んで、誰にも見られずに絵を盗んで立ち去るというのは得意分野ではない。

むしろこういうことはシェラの管轄《かんかつ》だろう。

そう思って、何か手はないかと眼で尋ねてみると、シェラは慌《あわ》てて銀色の頭を振った。

（盗むものが大きすぎますよ！）

という意味らしい。

確かにそれも問題だった。縦横二メートル以上の絵をいかにして家人に気づかれずに持ち去るか？

なかなか厄介《やっかい》な課題である。

こんなことはとても卿には言えないので、リィはひとまず引き上げることを提案した。

自分たちは学校へ戻らなければならないし、卿も仕事がある。使った食器はシェラがきちんと片づけ、卿は持参した葡萄酒《ぶどうしゅ》と家の主へ置き手紙を残して、彼らはホッチナー邸を後にした。


ホテルに戻った三人はそこで昼食を取った。

息子たちが荷物を持って宇宙港に向かうのを卿は送らなかった。リィが遠慮したせいもある。

「すぐそこなんだから、車を拾うよ」

「わかった。気をつけてな」

息子たちがタクシーに乗るのを見届けると、卿は客室に戻り、エレメンタル美術館に連絡を入れた。

受付の女性に館長にお目にかかりたいと告げると、館長は今日はいないという返事だった。

「では、ブライト副館長をお願いします」

やがて通話に現れた副館長は傍目《はため》にも憔悴《しょうすい》した顔だった。その心痛を察する丁重な言葉を述べた後、卿は言った。

「今日は館長はお休みだそうですね」

「はい……。理事会が開かれるまで謹慎《きんしん》という形を取るとおっしゃって、ご自宅に……」

「館長のご自宅はウォルナット・ヒルでしたな?」

「ええ、そうですが……」

「これからセントラルを発ちますので、館長にも一言ご挨拶《あいさつ》したいのです。急なお願いで恐縮ですが、今からお宅にお邪魔しても差し支えないかどうか、伺《うかが》っていただけませんか?」

副館長はこの唐突《とうとつ》な頼みを快《こころよ》く聞いてくれて、ややあって謹慎中の上司の言葉を伝えてくれた。

「お待ちしているとのことです」

「ありがとうございます」

それから卿はいつものきちんとした背広に着替え、身だしなみの香水をふり直して部屋を出た。

通路を歩きながら補佐官のハモンドに連絡する。

「今日中の帰国便を手配してくれ。わたしは今からウォルナット・ヒルのシーモア邸に行ってくる」

「でしたら、お車をお出しします」

「いや、いい。私用だからな。一時間ほどで戻る」

卿の運転するスポーツカーはシティを離れ、再びウォルナット・ヒルに到着した。門番に来訪を告げ、今度はまっすぐシーモア邸に向かう。

運転しながら二頭のライオンが守る門に近づくと、鉄柵の門が自動的に開いて車を通してくれた。

途中の噴水を巧みに避けて、車寄せに停車すると、玄関が開いて男が出てきた。

今時滅多にお目に掛かれないような慇懃《いんぎん》な物腰の執事である。卿が自分で車を運転していたのを見て、恭《うやうや》しく言ってきた。

「お車をお預かり致します」

執事が振り返って眼で合図すると、すぐさま別の召し使いが進み出て来て卿の車に乗り込んだ。

ずいぶん多くの使用人がいるらしい。

卿が案内されたのは一階の応接室だった。上品な、高価な家具で統一されている。

すぐにシーモア館長がやってきた。謹慎中ということもあって、くだけた部屋着姿である。その顔はブライト副館長にも負けず劣らず憔悴していた。

卿は礼儀正しく立ちあがって軽く頭を下げた。

「このような時にお邪魔して申しわけありません」

「いいえ、ご丁寧《ていねい》にありがとうございます。卿にもいろいろとご尽力していただきましたのに……」

深く嘆息《たんそく》した館長は卿に椅子に座るように勧めて、自分も腰を下ろした。

執事がお茶を運んでくる。

眼の前に茶器が列《なら》べられている最中、卿は唐突に口を開いた。

「実はお話があって参りました」

「どのようなお話でしょう？」

「『暁の天使』は今も無事で、あなたが持っている。それをわたしが知っているという話です」

シーモア館長は愕然《がくぜん》とした。

執事は茶器を取り落としこそしなかったが、その手が確かに激しい驚愕に揺れたのを卿は見た。

それ以上の驚愕をあらわにして、シーモア館長は卿を見ていた。呆気《あっけ》にとられた口調で言った。

「……何とおっしゃいました？」

「『暁の天使』は健在でこの家にあるのでしょう？暖炉で燃えたのは贋作です。木枠の刻印は本物でも、そんなものはあなたならどうとでもなる」

貴族的な館長の顔立ちにだんだん血が上ってきた。

毛並みのいいこの人は明らかに公然と侮辱されることには慣れていなかった。しかも内容が内容だ。

「ヴァレンタイン卿。わたしは今までこんな無礼を許したことはない。そこまでおっしゃるからには、確証をお持ちなのでしょうな？」

「いいえ。あなたは証拠を残すような人ではない。

それは自分でよくご存じでしょう?」

「根拠もなしに人を犯罪者呼ばわりするとは!」

怒りに顔を紅潮させて館長は卿を睨《にら》みつけた。

「あなたという人を見誤っていたようだ。この上はお話しすることもない。お引き取り願いましょう」

ヴァレンタイン卿は動じない。

厳しい表情で言い返した。

「シーモア館長。わたしも人並みに美を愛する心は持っているつもりです。しかし、犯罪を行ってまで美や芸術を追い求めようとは思いません。ましてや、そのために人を殺害するなど論外です。ところが、あなたはそれをやった」

シーモア館長は侮蔑《ぶべつ》の表情で応えた。

「なるほど。どうやらあなたは頭がおかしいらしい。今度は理由もなく人を殺人犯呼ばわりとは」

「事実は事実です。『暁の天使』は今も無事でいる。そしてあなたはあの絵を自分のものにするためには殺人さえ厭《いと》わなかった。——いったい何があなたにそこまでさせたのです?」

「大概《たいがい》にしないと侮辱罪で訴えますよ」

「結構です。おおいにやってください。そうすればわたしの言葉が間違っていることを証明するために、この屋敷を調べなければならなくなる。」

「あなたは法律をご存じないらしい。あなたを告訴《こくそ》するのにそんな必要はどこにもない」

「そうかもしれません。ですが、わたしはあなたが『暁の天使』を持っていることを知っているんです。ですから、それを人に話すのは止めませんよ」

「…………」

「わたしもこれで社会的な信用を得ている人間です。その事実の前には証拠の有無は問題ではありません。真剣に耳を傾けてくれる人もいることでしょう」

シーモア館長は完全に卿を見下して言ってきた。

「……正気の沙汰《さた》とは思えませんな。そこまでしてご自分の評判を地に落としたいというのであれば、どうぞ、好きになさるといい」

「そうさせてもらいます」

ヴァレンタイン卿は言って、立ちあがった。

「真っ先にエレメンタルの理事会に知らせましょう。

——お邪魔しました」

話していた時間は十分にも満たなかっただろう。

玄関に戻ってみると、車がない。さっきとは別の召し使いが慌てて言ってきた。

「申しわけありません。すぐにお車を運ばせます」

卿が帰るのがあまりに早かったので、車の移動が間に合わなかったらしい。

ウォルナット・ヒルの出口は入口と隣り合わせの別の門になっている。あまりに早い退出だったので、出口の門番も確認するように言ってきた。

「ご用はお済みですか？」

「ああ。開けてくれ」

ウォルナット・ヒルを離れると、そこには午後の陽差しを浴びた野原が広がっている。

昼下がりの道を軽快に走らせながら、卿は、さて、これでシーモア館長はどう出るかと考えた。

証拠の有無は問題ではないと言ったのはある意味、もっとも痛いところを突いたはずだ。

なぜなら、シーモア館長のような社会層の人間は、証拠がないから無罪だと開き直ることはできない。

正確には、やったところで意味がない。

そんな疑惑を掛けられたというだけで、致命的な傷となってしまうからだ。

卿にはそれがよくわかっていた。

だからシーモア館長が無実なら、シーモア館長は自分で言ったように卿を侮辱罪で告訴するだろう。

しかし、そうではなかったら——。

保身のために必ず何らかの手を打ってくる。

シティの街並みが近づいてきた。

もうじき戻ると連絡しようとして、運転しながら卿が携帯端末を取った時だった。

シルバーのスポーツカーは凄《すさ》まじい衝撃に襲われ、大きく体勢を乱したのである。

「うわっ！」

　何が何だかわからなかった。

　背後はおろか、近くに車は一台も走っていない。

　前方は開けた野原で障害物など見当たらない。

　だが、卿の車は明らかに何かと接触して急停止し、二度と動かなかった。


　その頃、リィとシェラはまだ宇宙港にいた。

　連邦大学行きの定期便に乗り込むところだったが、搭乗寸前に放送が響いたのである。

「お呼び出しを申し上げます。４９８便にご搭乗のエドワード・ヴァレンタインさま。恐れ入りますが、至急、最寄りのカウンターまでお越しください」

　リィは顔をしかめた。

　この名前で呼び出すからにはヴァレンタイン卿に決まっている。いくら言っても悪い癖《くせ》が直らないんだからと、実の父親にとっては少々不本意な理由で腹を立てながら呼び出しに応じると、卿の補佐官のハモンドが緊張の面持ちで告げてきた。

「ヴァレンタイン卿が行方不明です」

　普通の十三歳の少年ならぽかんとするところだが、リィは瞬時に事態を飲み込んで鋭く問い返した。

「いつからだ。ホテルにいたんじゃないのか？」

「いえ、お車で外出されました」

「一人でか？」

「はい。一時間ほどで戻るとおっしゃっていました。先程わたしの端末に卿からの発信があったのですが、一瞬で切れました。掛け直しても通じません」

「出掛けた先は？」

「ウォルナット・ヒルのシーモア邸です」

「何だと⁉」

　滅多にないリィの大声に、ハモンドのほうが眼を丸くした。

「シーモア邸に確認しますと、卿は確かにいらして、先程お帰りになったというお答えでした。別段何も変わったご様子はなかったと……」

「ああ、そうだろうとも！」

リィは完全に血相を変えていた。

搭乗手続きが始まったが、それどころではない。

リィは即座に、シェラは律儀《りちぎ》に搭乗を取り消して宇宙港を飛び出し、すぐさまシティに引き返した。

その移動中、リィはまずエレメンタルに連絡し、ブライト副館長を呼び出して慌ただしく告げた。

「あの時燃えた絵は贋物だよ。本物を見つけたからすぐにスタイン教授と一緒に館長の家へ来て」

「な、な、何だって⁉」

絶叫する副館長を尻目に通話を切り、次にグレン警部を呼び出した。

「警部。今どこにいる？」

「マーショネスだ。ビートンの自殺を調べてる」

「助かる。それなら三十分でシティまで来られるな。カレーシュホテルで合流しよう」

「……何を言ってるんだ？」

「アーサーがシーモア館長に拉致された」

グレン警部が絶句したのは当然である。

「ちょっ、ちょっと待ってくれ！　わけがわからん。館長が何で卿を拉致するんだ？」

「途中で説明する。急いでくれ。一刻を争う！」

恐ろしく非常識な要請だが、これを無視するには、グレン警部は子羊の皮を被った狼《おおかみ》について、少し詳しくなりすぎていた。

訝《いぶか》しみながらも本当に三十分で駆けつけてきた。

ウォルナット・ヒルへ行く途中、リィは手短に（ただし幽霊の件は省《はぶ》いて）事情を説明し、警部は今度こそ愕然としたのである。

「……しかし、それは、きみの推測だろう？」

「そうだ。だけどアーサーは、たぶんそれを館長に言いに行ったんだ」

「なんのために？　証拠もないのに」

それではまったくの無駄ではないかという警部の疑問にはシェラが答えた。

「そう考えるのはグレン警部が警察官だからです。

ああいう上流階級の方は何よりも評判を気にします。証拠云々は問題ではありません」

グレン警部はまだ半信半疑だったが、少なくとも卿の身に異変が生じた証拠が眼の前に現れた。

シルバーのスポーツカーだ。

道をかなり離れたところに乗り捨てられていたが、リィはそれを見逃したりしなかった。

駆けつけてみたが、もちろんそこに卿の姿はなく、グレン警部は車を調べて驚きの声を上げたのである。

「こいつは、狙撃されてるぞ」

リィとシェラが息を呑んだ。

二人とも青くなって車内を——特に運転席周辺を入念に調べたが、血痕は見当たらない。ならばまだ生きている確率は高いが、断定はできない。

こうなればもう立派な事件である。

警部はヒックス刑事に連絡して事態を説明すると、鑑識を連れてこの車を確保しに来るように指示した。

「俺はこれから卿が最後に立ち寄ったシーモア邸に出向いて、館長に話を聞いてくる」

連邦警察の警部として至極まっとうな行動である。

ただそこに子どもが二人もついて来るというのが捜査の常識から少々外れているだけだ。

グレン警部の車はたちまちウォルナット・ヒルの門に到着し、警部は門番に向かってこう言った。

「警察だ。行方不明になった他国の政治家に関してシーモア館長の話が聞きたい。取り次いでくれ」

約束のない人間は決して通さないと評判の門番も、官憲のこんな要請を退《しりぞ》けることはできない。

少し待たされた後、通話装置からシーモア館長の声が流れてきた。

「どうなさいました、警部？」

このために自分を連れてきたのかと納得しながら、グレン警部はいつもの穏やかな笑顔に多少の緊張を加えて、ヴァレンタイン卿が行方不明だと説明した。

「実はここに来る途中、卿の車を発見しましてね。どうやら最後に卿と会ったのは館長のようなのです。

ですから、少しお話を伺いたいのですが……」

「もちろんですとも。どうぞお入りください」

ややあって街の門が開かれる。

車を走らせながら、グレン警部はちらりと後席を見やったが、二人とも至っておとなしくしている。

二頭のライオンに守られた門を潜り、玄関に車をつけると、慇懃な物腰の執事が中から現れた。

金銀天使を見てわずかに驚いた様子を見せたが、すぐに三人を応接間に通してくれた。

今日の館長はリィを見てもいやな顔をしなかった。それどころか、お父さんが行方不明とは心配だと心から気づかう素振りさえ見せ、執事が運んできたお茶菓子を美味《おい》しいからと熱心に勧めてくれた。

そしてグレン警部に対しては、卿の安否をひどく気に掛けながら途方に暮れた表情で首を振った。

「卿がここを出たのは二時間ほど前です。その時は特に変わった様子はありませんでしたが、いったいヴァレンタイン卿に何があったのか……」

「卿とはどのようなことを話しましたか？」

「さて、特にこれといったことは……セントラルを去るので挨拶にいらしたのです」

お役に立てなくて申しわけありませんと、館長は完璧《かんぺき》な態度で軽く頭を下げた。

普通ならこれで終わるはずだった。

何しろヴァレンタイン卿がウォルナット・ヒルを出たことは確認されている。

ならば、シーモア邸は無関係だ。

最後の立ち寄り先というだけでは令状は下りない。令状がなければ、警察はこの家を強制的に調べることはできない。

そして警察組織の人間は規則に背いたりしない。

ありがとうございました、また何かありましたらお伺いしますと言って引き上げるのが定石である。

実際、グレン警部一人ならそうしていただろう。

しかし、今、警部の横にはそんな理論《セオリー》はまったく通用しない相手が座っていたのである。

「アーサーとあの絵はどこだ?」

唐突な言葉と別人のような少年の態度に驚いて、館長は問い返した。

「……何だって? あの絵?」

「『暁の天使』だ。おまえが持ってるんだろう」

「何を馬鹿な!」

こんな少年におまえ呼ばわりされたのだ。館長は奮然《ふんぜん》としてグレン警部に厳しい眼を向けた。

「どういうつもりですか、警部?」

リィは警部には何も言わせなかった。

緑の視線は射ぬくような鋭さで館長の顔を捕らえ、小さな身体は大の男も怯《ひる》ませる気魄《きはく》を放っている。

「あの絵だけなら見逃してやったのに。アーサーに手を出してただで済むと思うな」

壮絶に言って立ちあがった。

シェラもだ。

応接間を出て行こうとする二人を、館長は血相を変えて呼び止めたのである。

「待て! 何をする!」

「アーサーはともかく、あの絵がこの家にあるのはわかってるんだ。証拠を捜すのは当然だろう」

「そんな真似は許されん!」

「許さなくていい。勝手に捜す」

「警部! わたしの家でこんな無法は困る!」

「おっしゃるとおりです」

しかつめらしく頷いて立ちあがった警部だったが、その時には二人とも既に部屋を飛び出している。

グレン警部は眼を丸くして、自分も続こうとした。

「これはいけませんな。止めてきましょう」

「……その必要はない!」

自制を取り戻してシーモア館長は唸った。

内線で『子ども二人を捕まえろ!』と指示して、腹立ちも顕わに椅子に座り直した。

「少々乱暴な手段を取らざるを得んかもしれんが、わたしに非がないことはきみに証明してもらおう。すぐに連れてくるだろうから、ここにいたまえ」

当たり前のことだが、館長は少年たちより警部を警戒したのである。子どもが家の中を走り回るのはまだしも警察官にうろうろされたくないのだろう。

警部も逆らわなかった。大きな身体を小さくして再び腰を下ろすと、館長に向かって頭を下げた。

「申しわけありません。いや、まさかあの子たちがこんな真似をしでかすとは思ってもみませんでした。何しろ子どものことですから……」

そんな言葉で館長が納得するはずもなく、奮然と言い放った。

「子どもと言ってももう中学生だろう。まったく、躾《しつけ》が行き届いていないにも程がある」

「ごもっともです」

口ではさも申し訳なさそうに言いながら、警部は出されたお茶菓子を悠然《ゆうぜん》と楽しんでいた。

応接室を飛び出した二人は階段を駆け上がった。

外観を見る限り、この館は三階建てだ。おまけに広い。片端から見て回るしかない。

すんなり捜索させてはくれないだろうと思ったが、障害物の登場は意外と早かった。

二階から三階に上がる階段の途中、階上に二人の男が現れて、天使たちの行く手を遮《さえぎ》ったのである。

召し使いの服装をしているが、妙に目つきの鋭い、身のこなしに隙のない男たちだ。

さらに下からも別の二人が階段を上がってくる。

「人の家の中を勝手に走り回るとは……」

「お行儀《ぎょうぎ》の悪い子どもたちだ」

「観念するんだな」

男たち四人は余裕で言って、金と銀の天使たちを捕まえようとしたが、それがどれだけ手ひどい心得違いであったかは、ものの数秒で明らかになった。

リィは階段を蹴《け》って飛び、愛用のロッドで階上の二人をあっという間に叩きのめした。

シェラの手から放たれた鉛玉は下からやってきた二人の胴体《どうたい》に容赦《ようしゃ》なく食い込んだ。

こちらは一撃で気絶させるというわけにはいかず、二人は階段の途中に倒れて身悶《みもだ》えている。

駆け戻ったリィがその二人を叩きのめそうとして、顔色を変えた。

一人の襟元《えりもと》を捕まえて、ぐいと摑《つか》み上げた。

「しゃれた匂いがするな、おまえ」

その男は身体に食い込んだ鉛玉の痛みに顔を歪《ゆが》め、脂汗《あぶらあせ》を掻《か》いている。答えられるような状態ではなかったが、リィはさらに言った。

「覚えがある上物の香水の匂いだ。香水が移るほど、あの男とどこで接触した？」

「何の……ことだ……」

苦しげに喘《あえ》ぐ男の喉元《のどもと》にロッドを押し当てると、リィはその先端にことさらゆっくり力を籠《こ》めた。

「あの男はどこだ？」

恐怖に駆られた男がやっとのことで指さしたのは、窓の外だった。

そこには屋敷の正面からは見えない中庭が広がり、離れが建っている。

男を気絶させると、リィはシェラを振り返った。

「おまえは絵を探せ。見つかればその時点で警察が介入できる」

「わかりました」

「シェラ」

「はい」

「手加減はするな。殺しさえしなければいい」

リィの声は滅多にないほどの怒気に充ちている。

シェラも頷きを返した。


一階の応接室では、グレン警部とシーモア館長がお茶の時間を再開していた。

「昨日、ベネットからおもしろい話を聞きましたよ。『暁の天使』には時々人が狂うのだと。どうしてもあの絵が欲しいと執念を燃やす蒐集家《しゅうしゅうか》が現れると。あれほど有名な作品にしてはずいぶん珍しいことだそうですよ」

「あの絵がそれだけ素晴らしい芸術だということだ。残念ながら、燃やされてしまったがな」

「ですが、あの絵は二百八十年も美術館にあった。そんなに長い間、よく無事だったなと思いまして、ブラッセルの同僚に問い合わせてみたんですよ」

警部は本当に状況がわかっているのかと疑うほどくつろいでいる。

「そうしたら何を今さらと、国内外の美術窃盗団《せっとうだん》が虎視眈々《こしたんたん》と狙っていたと、あっさり言われました。ところが、美術館のあったロンソルムという街は、ブラッセルでも有名な組織の地元だと言うんです。まあ、一種の反社会的な団体には違いないんですが、その組織は地元の誇りとして、あの絵を大切にしていたというんですな。その彼らの眼の前で、彼らを差し置いて、そんな商売は絶対にできない。下手《へた》に手を出せば戦争になります。実際、過去には何度も、あの絵を巡って水面下の激しい攻防があったそうで、地元では結構有名な話らしい。知らぬは美術館関係者ばかりなりだそうですよ」

「……………」

「けれど、あの絵はセントラルに移ってきた。今のところ無事なようだが、セントラルで同様の騒ぎが起きたら止めるやつがいないだろうと言われました。返す言葉がありませんでしたよ」

「だが、もうその心配はない。あの絵は残念ながら、既にこの世には存在しないのだからな」

「確かに」

グレン警部が重々しく頷く。

扉が開いて、執事が部屋に入って来た。

その顔色が心なしか悪い。

「旦那《だんな》さま……」

ちょっとこちらへ——と眼で合図してくる。

廊下でのせっぱ詰まったやり取りは警部には聞き取れなかった。

あの少年たちが予想以上に暴れているのだろう。

本当なら自分も飛び出していきたいところだが、

それをやったら不法捜査と言われてしまう。

警部は懐《ふところ》の銃をそっと握りしめた。

これの出番がないようにと切に祈った。


リィは踊り場の窓から飛び降りていた。

別棟と言っても、それ一つだけでホッチナー邸と同じくらいの広さがある。

入口には鍵はかかっていない。

中はまるで美術館だった。

ここも最上階の三階まで駆け上がって、二階から一階と見て回ったが、その到るところに絵が飾られ、楽器や甲冑《かっちゅう》、刀剣まで陳列されている。

館長の個人的な収集品《コレクション》らしい。

残るは地下である。

下りてみると明るい上の階とは雰囲気が一変して、本物の美術館さながらの倉庫になっていた。普段は展示されていない収集品を保管しておく場所らしい。

びっしり列べられた、見上げるような棚の隙間を足早に進んでいくと、奥から男が二人現れた。

がっちりと体格のいい、明らかにある種の訓練を受けた男たちである。銃を携帯しているのも間違いなかったが、取り出そうとはしなかった。

死人を出すわけにはいかないという配慮だろうが、リィの姿を見れば、そんなものを使う必要もない。

こんな子ども一人をあしらうのに銃はいらない。

二人は壁のようにリィの前に立ちはだかった。

「ここは立入禁止だ」

迫力満点の体軀《たいく》にものを言わせて威圧的に出れば、大抵の人間は引き下がる。

それでも諦めず悪あがきをするようなら力尽くでつまみ出せばいいと彼らは安直に考えたのだろうが、リィは有無を言わせなかった。

両脇が棚の狭い場所ではロッドは使えない。

素手《すで》で摑みかかった。

さながら子羊と羆《ひぐま》の喧嘩《けんか》だ。普通なら勝負は火を見るより明らかだが、ここでも羆のような男二人が情けない声を上げて命乞いをするはめになった。

小さな拳《こぶし》で男二人を容赦なく昏倒《こんとう》させて、リィはさらに進んだ。一番奥に鍵のかかった扉があった。

ごく簡単な円筒錠《シリンダーじょう》だ。

かまわず蹴破ると、薄暗い物置の床に、ヴァレンタイン卿が両手足を縛られ、猿ぐつわを咬まされて転がされていた。

身動きできない状態でも意識ははっきりしていて、卿は息子を見て眼を輝かせたのである。

リィは急いでその場にしゃがみこみ、猿ぐつわと縄を解いてやった。

無事だった父親に深い安堵《あんど》の息を吐きながらも、しかめっ面で文句を言った。

「おまえ、ほんっとにいい加減にしろよ」

「……薄情な息子だな」

卿は弱々しく笑ったが、リィは容赦しない。

「相手は既に一人殺してるやつだぞ！　ハモンドが知らせてくれなかったら、あのまま船に乗ってたら、間違いなくおまえが二人目になってるところだ！」

「……すまん」

さすがに卿も神妙に言った。

「何かしてくるだろうとは思ったが……まさかなあ。確かに考えが甘かったよ……。『暁の天使』は？」

「シェラが今捜してる」


三階と二階を見て回ったシェラは、応接室のある一階は後回しにして地下に下りた。

この屋敷も地下は食料貯蔵庫や倉庫になっている。

他にも厨房《ちゅうぼう》、使用人の部屋、使用人専用の食堂、季節外れの衣類を収納する部屋など数え切れないが、そうした生活感あふれる一角の反対側に、不思議と静謐《せいひつ》な雰囲気の通路があった。

重厚な部屋が奥に並んでいるのが見える。

そちらに足を向けたシェラの前に家政婦が慌てて立ちはだかった。

「あ、あの、困ります。この先は……！」

「どいてください」

しとやかな月の天使も今は氷の王子である。

「ご婦人に手荒な真似はしたくありません。どいてください」

「でも、あの……」

「失礼」

シェラは家政婦の首筋に手刀を落とした。

一瞬で気を失った身体を床に座らせ、再び通路の先を見た時、思わず眼を見張った。

黒いセーターを着た男の人がシェラを見て頷いてみせたのである。

その瞬間、わかった。

シェラも現世を離れた人には馴染《なじ》みがある。

これは間違いなくその一人だ。

声を掛けようとした時にはもうその姿はない。

その人が立っていた辺りに急いで行ってみると、通路の先は行き止まりになっていた。

右手を見れば使用人用とは違う立派な階段があり、眼の前の壁には暗証番号を打ち込む入力装置がある。

つまり、この壁の向こうに何かあるということだ。

そちらはいったん後回しにして階段のほうに足を向けてみると、半開きになっている扉があった。

何気なく覗《のぞ》き込み、シェラは眼を見張った。

部屋の中の壁という壁に大きな絵が何枚も重ねて立てかけられているのだ。上のほうにも同じ寸法の絵がびっしりと飾られ、壁面を埋め尽くしている。

部屋が広いだけにたいへんな数だった。二百枚か三百枚、ひょっとしたらもっとあるかもしれない。

しかも、その全部が同じ構図の絵なのだ。

『暁の天使』だった。

ビートンの贋作に間違いない。

よくもまあこれだけ描いたものだ。

シェラが唖然《あぜん》としてその光景に見入っていると、慌ただしい足音がした。

さっきの執事が階段を駆け下りてきたのである。

銀の天使はすかさず執事を捕まえ、暗証番号入力装置の傍にその身体を押し付けて訊いた。

「この番号は？」

「し、知らない……」

強ばった顔で首を振る。途端、その首にふわりと何かが巻き付いた。極細の針金だった。

「ぐ……！」

一気に締めることなく、さりとて逃がすでもなく、じわじわと死の恐怖と苦痛を与えながら、シェラはいっそ優しいとさえ言える口調で促《うなが》してやった。

「口がきけるうちにしゃべったほうがいいですよ」

執事が陥落《かんらく》するまでの時間はおよそ十秒。

聞き出した暗証番号を打ち込むと、思った通り、壁に見えた部分がゆっくりと横に開き、天井の高い、がらんとした部屋が現れたのである。

真っ白に輝く壁に高々と、豪奢《ごうしゃ》な額縁に納まって『暁の天使』が微笑《ほほえ》んでいた。

それからまもなくウォルナット・ヒルとシーモア邸は大挙して押しかけた警察官に埋め尽くされた。

普段は敷居の高い街の門も今は開放状態である。

さらにはブライト副館長とスタイン教授が血相を変えて駆けつけてきた。

二人とも本物の『暁の天使』が無事だったとだけ聞かされたので喜びに躍り上がらんばかりだったが、グレン警部の口から真実を知らされて蒼白《そうはく》になった。

「シーモア館長が……？」

一声言ったきり、ブライト副館長は絶句している。

スタイン教授も耳を疑っていた。

シーモア館長の美術に対する知識や熱意、造詣《ぞうけい》の深さを高く評価していただけに、思わず叫んだ。

「馬鹿な！　何かの間違いだ！　そんなことは到底信じられんよ！」

「残念ですが、本人が認めています」

シーモア館長は既に逮捕されて別室に隔離され、今は二人の刑事が見張りについている。

彼らがいるのは応接室だった。

ヴァレンタイン卿が痛めつけられた身体をほぐし、シェラが甲斐甲斐《かいがい》しく世話を焼いている。

ビートンの死も館長が仕組んだものであり、その口封じのためにヴァレンタイン卿を拉致監禁したと警部に聞かされて、二人ともますます茫然《ぼうぜん》となった。

だが、その激しい衝撃も驚愕もほとんど無理やり横に押しのけて、二人は異口同音に叫んだのである。

「それで、あの絵は⁉」

「『暁の天使』はどこだ⁉」

「この下です」

教授と副館長が我先に駆け出したのは当然だが、ヴァレンタイン卿も立ちあがった。

「ここまで関わった絵ですから、わたしも一目見ておきたいんです。よろしいですか？」

反対する者は誰もいない。みんなで階下に降りた。

途中、一部屋を埋め尽くしている贋作の山を見て、教授と副館長は声を失った。

リィも呆れたように呟いている。

「描きも描いたりだな……」

そして、奥の部屋の飾られた『暁の天使』を見たブライト副館長は感動のあまりその場に片膝《かたひざ》をつき、今度は嬉《うれ》し泣きに身体を震わせたのである。

スタイン教授も大きな息を吐いていた。

リィがにっこり笑って言う。

「よかったね」

「ああ、本当に……。信じられん。昨日は眼の前が真っ暗になったというのに……」

副館長も涙をぬぐって立ちあがった。

「こんなに喜ばしいことはないのに、スタイン教授、まさか、まさかシーモア館長が……」

「言うな。ブライトくん。わたしとて信じられんよ。——警部、館長と話をさせてもらえんだろうか？」

七年がかりの企みが水泡に帰してしまった館長はすっかり観念した様子だった。

二人の顔を見ても特に感慨《かんがい》はないらしい。

むしろ、ブライト副館長のほうが青ざめている。

「シーモア館長。なぜですか？　あなたほどの方が
なぜ、こんなことを……」
　罪人となった館長は、整った顔立ちにぼんやりと
うつろな表情を浮かべて、悄然《しょうぜん》と呟いた。
「わたしはあの絵を守りたかった……」
「…………」
「あの絵を、あの天使を貪《むさぼ》ることしか考えていない
低俗な連中の晒《さら》しものにしておくのは忍びなかった。
――それだけだ」
「シーモア館長……」
　美術館の館長とは到底思えない言葉に、副館長が
もどかしげに身を捩《よじ》って訴えた。
「あなたは……我々は、優れた芸術を一般大衆にも
身近なものとするべく邁進《まいしん》してきたはずです」
「そのとおりだ。ブライトくん。彼らに理解できる
程度の芸術を我々があてがってやるべきだ。それは
否定しない。しかし、価値のわからぬ連中に至高の
美を振る舞ってやるのは分不相応というものだよ。
あの絵を見ていて、わたしはそれに気づいたのだ」
　スタイン教授が哀れみと不快感に顔をしかめる。
　グレン警部も深く嘆息して首を振った。
「あの絵には時々、人が狂うと言います。あなたも
どうやらその一人らしい」
「わたしは正気だよ、グレン警部。『暁の天使』は
選ばれた特別な人間にだけ本当の微笑を見せるんだ。
わたしはいわばあの天使の願いを叶えた。そうとも、
本懐を遂げさせてやっただけなんだよ」
　どこか恍惚《こうこつ》とした表情で言うのである。
　完全に狂っているとしか思えない主張に、一同、
返す言葉を失った。
　静かな声が言う。
「思い上がりも甚《はなは》だしいですね」
　大人たちに一人混ざっていたシェラだった。
「あなたの言う通り、あの天使は限られた人にだけ
特別な笑顔を見せます。わたしはよく知っています。
ですが、その限られた人はあなたではない」

何を言われても今の館長には蚊《か》に刺されたほども感じないようだった。得体の知れない、気味の悪い笑いを浮かべているだけだ。

その頃、リィは一階で忙しく働くヒックス刑事を捕まえて、こんなことを言っていた。

「ねえ。あの部屋いっぱいの絵。あんなにたくさんあるんだから、一枚もらってもいいかな？」

男たちの武装解除や身柄《みがら》の確認、さらに使用人の供述を取らなくてはと、自分の仕事で手一杯だったヒックス刑事は深く考えずに返事をした。

「ああ。別に証拠品でもないし、いいと思うよ」

「じゃ、もらってくね」

息子の傍にいてこれを聞いたヴァレンタイン卿が何とも言えない顔になった。

絵の搬送業者や理事会に忙しく連絡を取り始めたブライト副館長のところへ行って話しかけた。

「少し、よろしいですか？」

「おお、ヴァレンタイン卿。館長の行為に関してはわたしからもあらためてお詫《わ》び致します。お身体は大丈夫ですか？」

「かすり傷ですよ。それより……」

「どうしました？」

「いえ、地下のあの大量の贋作なんですが、息子が、一枚もらっていいかと刑事に尋ねていたんです」

「はあ、それが？」

「……よろしいんですか？」

「うーん……そうですな。あれも館長の所有物には違いないが、特に問題はないと思いますよ。いずれ処分されるものですから」

「いえ、そうではなくて……」

ヴァレンタイン卿は困ったような顔で言った。

「たぶん、そっちが本物ですよ」

ブライト副館長の顎《あご》ががくんと落っこちた。

スタイン教授も同様だ。卒倒寸前の体で叫んだ。

「だ、だが、卿！　息子さんは確かに！」

「いいえ。息子は『よかったね』と言っただけです。

本物だとは一言も言っていません」
「そ、そんな……！」
副館長も教授も絶句して棒立ちに立ちつくしたが、
卿は肩をすくめている。
「あれだけ大量の贋物を見せられて、奥に一枚だけ
麗々《れいれい》しく飾ってあれば、そりゃあ、そっちが本物に
見えるでしょうが、木を隠すには森の中です」
グレン警部も眼を丸くしていた。
彼らが顔色を変えてすっ飛んでいくのを見送って、
卿はそこにいた若い刑事に話しかけた。
「ここから一番近い恒星間通信施設はどこかな？」
「それなら我々の通信車両が使えますが……」
「貸してくれ。人類の至宝の危機なんだ」
リィは部屋中の壁を見上げていた。
どこを見ても同じ絵柄の絵が掛かっている。
これだけ同じ絵があると何だか目が回りそうだ。
つくづくビートンは正気ではなかったと思えるが、
欲しいのは一枚だけだ。この数百枚の絵の中で唯一、
ビートンの筆によるものではない絵、三百四十年の
歳月を生き抜いてきた目差す一枚は、部屋を入った
扉の右斜め上の壁に実にさりげなく飾ってあった。
脚立を持ってきて登り、間近でその絵をつくづく
眺めたリィは満足げに微笑んだのである。
「やっと会えた」
大きな絵だが、軽いのが幸いだった。
壁から外して床に降ろすのは一人でも充分だった。
片手で絵の裏の木枠を摑み、武装歩兵が盾《たて》を持つ
要領で宙に浮かせば階段も登れる。
そうやって絵を持って階段を上がると、ちょうど
手錠を掛けられて連れられていく館長に出くわした。
相変わらず奇妙な含み笑いを浮かべていた館長が、
リィが持っている絵を見て血相を変えた。
突如として奇声を発して、摑みかかろうとしたが、
すかさず傍にいた刑事たちに制止される。
「は、放せ！　放せっ！」

　突然の豹変《ひょうへん》の理由は刑事たちにはわからないが、容疑者に放せと言われて放すわけがない。ますますがっちり拘束《こうそく》した。

　リィはおもしろそうな眼で、その館長の血迷った様子を見ていた。

「自分以外の誰かに渡すくらいなら他の絵と一緒に処分されたほうがいい。——そう考えたのか？」

「…………」

「あいにくだったな。これはおれがもらっていく」

「返せ！　それはわたしの絵だ！　わたしの！」

「馬鹿を言うな。三百年前からおれのものだ」

　まさにそこへ館長に負けず劣らず眼を血走らせたブライト副館長とスタイン教授が走ってきたのだ。

「ヴィッキー!!」

　狂おしい悲鳴がシーモア邸の廊下に響き渡る。

　少年は絵を床に置き、突進してくる彼らに静かな眼を向けた。

　少年の左手だけが『暁の天使』を支えている。

　強引にもぎ取ることなどできるはずもなかった。

　副館長も教授も絵から数メートル離れたところで立ち止まり、息を切らしながら言ったのである。

「——それを！　頼む、その絵を渡してくれ！」

「どうして？」

　少年は笑っていた。

「額縁に入った絵が下にちゃんとあるじゃないか。副館長はあれを持って帰るつもりだったんだろう？　だから、これはおれがもらっていく」

「ヴィッキー！」

　大の男のほとんど泣きそうな嘆願に、リィは苦い息を吐いた。不快そうに顔をしかめて、呆れ果てた眼を大人たちに向けた。

「一度ならず二度までもっていう言葉があるけど、わかってるのか？　二度どころか三度だぞ」

「そ、それは……」

「みつけたらおれがもらう。そう言ったはずだよな。美術館は今の絵でいい。誰の台詞《せりふ》だった？」

「ヴィッキー、それは——それは認めよう。確かに言った。だが、わたしが間違っていた！　その絵はきみの自由にできる絵じゃないんだよ！」

「冗談だろう？」

少年が取り出したものを見て、副館長は今度こそ目眩《めまい》を起こして倒れそうになった。

それは何よりも恐ろしい最終兵器。

中学生が学校でよく使うカッターだった。

「枠がついてると、かさばって持ちにくいんだよね。ひとまわり小さく切って手荷物にしよう」

副館長の身も世もない悲鳴が響き渡った。がっくり床に膝をついて叫んだ。

「やめてくれ！　頼む！」

スタイン教授も蒼白な顔で絶叫した。

「よせ！　それを傷付けたら文化財保護法違反だ！　重罪だぞ！」

「どうして？」

金髪の少年は実に可愛らしくにっこり笑っている。

「これはビートンって人が描いた、ただの贋作だ。さっき、あなたたちがそう認めたはずだ。だったら小さく切ったって三つに折り曲げたって罪になんかなりっこない」

シーモア館長も含めて三人分の喘ぎが洩《も》れる。

特にブライト副館長は床に跪《ひざまず》き、両手を組んで、少年に向かって祈るように訴えたのだ。

「ヴィッキー……お願いだ。頼む。何でもするから、その刃物をしまってくれ！」

「じゃあ、これ、このまま持って帰るよ」

副館長の嘆《なげ》きは既に慟哭《どうこく》に近い。

スタイン教授が必死の形相で警部を振り返った。

「グレン警部！　黙っとらんで何とかしてくれ！」

「と言われましても……」

グレン警部は困って嘆息した。

どこから見ても役者が違いすぎる。

その時、少年の背後の玄関から、ヴァレンタイン卿が入って来るのが見えた。

これ幸いとばかりに警部は言ったのである。

「——卿。すみませんが、助けてくれませんか?」

「そうしたいのは山々ですが、父親の言うことさえ聞かない子でして」

ヴァレンタイン卿は手に通話器を持っていた。

恒星間通信用の子機である。

卿はそれを息子に差し出し、少年は怪訝《けげん》な様子で父親を見上げたのである。

「なに?」

「いいから、出なさい」

警部は素早く部下から別の一台を借りて、全員に聞こえるように音声を開放した。

ひどく眠そうな、疲れた声が話しかけてくる。

「おはよう、エディ」

「やあ、研究発表はまとまった?」

「ほとんど強引にね。みんなそこら中で死んでるよ。——それより、アーサーに聞いたんだけど、『暁の天使』が盗まれたんだって?」

「大丈夫。見つけたよ。それで今美術館の人たちと一悶着《ひともんちゃく》してるところだ」

通信機の向こうで楽しげな笑い声がした。

「そりゃあお気の毒に」

「ルーファ。まさか返せなんて言わないよな?」

「言わない。だってそれはきみの絵だもん」

藁《わら》をも摑むような顔つきだったブライト副館長とスタイン教授が最後の望みを絶たれて天を仰ぐ。

しかし、通話器の声は続けて言ったのだ。

「ただねえ、持って帰るのはよしたほうがいいよ」

「なんで?」

「だって、飾るとこないでしょ、そんな大きな絵。部屋に置いても場所取るし、鬱陶《うっとう》しいだけだよ」

世界的な名画を鬱陶しいと言い放つ相手に教授は殺意すら覚えたが、少年には説得力があったらしい。

「そりゃまあ、そうだけど……」

「それはきみのものなんだから。持ち主は管理にも気を配らないといけないんだよ。最低限の義務だ。

——だから、エレメンタルに預けておけば？」

少年はため息をついた。

「ルーファ、結局人を丸め込もうとしてないか？」

「違うよ。何がその絵にとって最適か考えてるだけ。三百年残った絵なんだから、もっと残って欲しいと思うし、美術館が責任もって預かってくれるんならそれに越したことはないでしょ？」

「うーん……」

「それとね、やっぱり今アーサーに聞いたんだけど、すごく出来のいい贋作がいっぱい出たんだって？」

「らしいな。おれには一目でわかるんだけど」

「持ち主がいちいち確認するのは面倒でいけないよ。余計なことかもしれないけど、鑑定する人に伝えてくれるかな？　ドミニクはあの絵を描いた時、黒い羊毛のセーターを着てたんだ。だから、あの絵にも羊の毛がついてる」

リィは視線だけで、教授に『そうなの？』と尋ね、スタイン教授は緊張の面持ちで頷いた。

「よくできた贋物なら羊の毛もつけたんだろうけど、ドミニクの着てたセーターは黒ボニエ羊って言って、三百五十年前のグェンダルにしかいない種類なんだ。当時でさえ混血化が進んで、純血の黒ボニエ製品はすごく少なかった。混血のほうが手触りがいいから普及したんだけど、ドミニクは粗い手触りの純血の黒ボニエがお気に入りだったんだよ。だから、次に贋物が出たら生物学研究所か何かで羊毛の遺伝子を詳しく調べるといい。どんなに凄腕の贋作者でも、三百五十年前の黒ボニエを用意するのは無理だから。——じゃあね」

通話が切れた。

スタイン教授は耳を疑う表情で茫然と立ちつくし、少年は通話器を見つめて再びため息をついた。

「しょうがないなあ……」

跪いたまま必死の表情で自分を見つめる副館長を見下ろして、リィは念を押すように言った。

「これはおれの絵なんだ。——認める？」

まさに究極の選択である。

だが、副館長は迷わなかった。何度も頷き、喉に絡んだような声ながらも、はっきり言った。

「……み、認める。認めるよ。だから……」

「それと、さっき、何でもするって言ったよね？」

どんな無理難題をふっかけられるのかと副館長は緊張したが、少年の要求は意外なものだった。

11

エレメンタルはいつもと違う雰囲気だった。

既に深夜に近い時間なのに、館内は作品を楽しむ観覧者で賑《にぎ》わっている。

新館長に就任したブライト氏が新しい試みとして、期間限定で、深夜過ぎまでの開館に踏み切ったのだ。

清掃や営繕《えいぜん》の現場からは反対する声も上がったが、斬新な試みは世間の注目を集め、意外なほど多くの人が一味違う夜の展覧会を楽しみにやってきた。

スタイン教授もわざわざ足を運んだ一人である。

慣れ親しんだ館内なのに思わず眼を見張ったほど、昼間とはまったく様子が違って見える。

玄関も中庭も、月を殺さない程度の照明に美しく彩られ、大勢の観覧者がいるのに不思議と静かだ。

日中でも美術館で大きな声を出すことは厳禁だが、みんな夜の住人のように密やかに囁《ささや》きあっている。

教授が二階の休憩所に座って一休みしていると、あの金髪の少年がやってきた。

教授を見て、にっこり笑いかけてくる。

「こんばんは」

「中学生が一人で出歩いていい時間ではないぞ」

教授は厳《いか》めしく文句を言ったが、眼は笑っている。

なぜなら、今回の開館時間の延長は、この少年がブライト新館長に要求したものだからだ。

長い期間でなくていい。一ヶ月だけでもいいから夜中過ぎまで美術館を開けてほしい。

それがこの少年が『暁の天使』をエレメンタルに預ける条件だったのである。

教授と並んで腰を下ろしながら少年は言った。

「もうじき保護者が来るから、大丈夫」

「ヴァレンタイン卿か？」

「ううん。おれの相棒」

少し沈黙した後、珍しく謙虚《けんきょ》に教授は言った。

「参考までに訊《き》いておきたいが、きみはどうやってあの贋作《がんさく》を見抜くことができたのかな？」

少年はもっともらしく頷《うなず》いた。

「簡単なことなんだ。ドミニクは本物の天使を見て描いたけど、ビートンは本物を見たことがなかった。だから、ドミニクは絵の天使に魂《たましい》を入れることができたけど、ドミニクを真似ただけのビートンにはそれができなかった。そして、おれは本物の天使を知っていた」

それだけだよ、と少年は言った。

「本人に会えばわかるよ。――ああ、来た」

片手を上げて合図する。

流れるように歩いてきて教授の前に立ったのは、二十歳くらいの若者だった。

女性的な容貌《ようぼう》にほっそりした体つきで、黒い髪を伸ばして束ねている。悪い言い方をすれば男か女かわからないという部類だ。

「紹介するよ。ルーファス・ラヴィー」

「初めまして、スタイン教授」

少年の言う『天使』を初めて見た教授は、内心で呆《あき》れていた。こんな軟弱な若者のどこがあの天使に似ているのかと思ったのだ。

しかし、この若者のおかげで『暁の天使』が救われたのも間違いないので、素《そ》っ気《け》ないながらも礼を言った。

「きみのおかげで助かったよ」

「どういたしまして。大きな絵はやっぱり美術館で見たほうがいいですからね」

「あの羊毛の一件だが、なぜ知っていたのかね？」

あれは実際、盲点だった。

羊毛が付着していることはもちろん知っていたが、美術関係機関では羊の毛と鑑定されて終わりである。

遺伝子まで詳しく調べようと思ったことはない。

若者は微笑しながら言った。

「本人が話してましたから。純血種の製品のほうが好きだって」

「なに?」

　スタイン教授の顔つきが厳しくなったが、その時、少年が若者を促《うなが》した。

「——ルーファ、行こう。髪の毛ほどいて」

「絵を見るのに髪型が関係あるの?」

「この場合は大ありだ」

「何だかなあ……」

『暁の天使』の展示室に歩いていきながら、若者は縛っていた髪を解いて軽く頭を振っている。

　教授も腰を上げて展示室に入ってみた。

　やっと本来の居場所に戻ってきた『暁の天使』は夜の照明の中でも美しかった。

　いや、むしろ、夜のほうが美しいかもしれない。

　ドミニクの書き残した手紙は正しい。この天使はまさしく夜を象徴《しょうちょう》するものだと教授も思っていた。

　その意味では深夜過ぎまでの開館は、この天使の本当の魅力をあらためて人々に知ってもらう意味で有意義だったと言えるだろう。

　微笑を浮かべて安堵《あんど》の息を吐いた教授は何気なく横に視線をやった。そして絶句した。

　少し上を向いて絵を見つめている美しい顔。

　うっすらと薔薇《ばら》色《いろ》の唇《くちびる》を開き、宝石のような青い瞳《ひとみ》を輝かせて微笑《ほほえ》んでいる横顔。抜けるように白いその肌をとりまく漆黒の銀河。

　眼を疑った教授だった。慌《あわ》てて壁を見上げれば、『暁の天使』は間違いなくそこにある。

　しかし、教授の眼の前にも同じ顔がある。

　生身の天使が自分を描いた絵を見上げている。

　大きく喘《あえ》いだ教授だった。

　思わず声が出た。

「失礼……」

　生身の天使の視線がゆっくりと絵から教授に移り、眼を合わせて微笑んだ。

　何十年もの間、『暁の天使』を初めて見た時から、この美しい横顔がこちらを向いてくれたらと何度も思ったスタイン教授だった。正面から見たらどんな顔をしているのかと考えないことはなかった。

その夢がまさに今、現実になった。

横顔しか見せたことのない天使が教授を見つめて輝くように美しく微笑している。

はっと思った時には、それはもうさっきの若者だ。隣にいた少年に笑って話しかけている。

「ほんとだ。夜に見るとずいぶん違って見えるね」

若者が少年を見る眼は優しくやわらかく、そして温かかった。『暁の天使』の視線の先にあるものをまさに彷彿《ほうふつ》とさせるようにだ。

ほとんど感動に震えながら、教授は尋ねた。

「あなたは……ドミニクをご存じかな？」

「ええ。それほど長く一緒にいたわけじゃないけど、おもしろい人でしたよ」

普段の教授なら——いや、さっきまでの教授ならたちまち気分を害していただろう。

ふざけるにも程があると一喝《いっかつ》したはずだが、今は違った。真顔で続けた。

「黒ボニエのセーターを着ていた？」

「ええ。もう二十年くらい着てると言ってました。家政婦のヴィルジニーはこれを捨てたくてうずうずしてるけど、捨てられちゃかなわないって」

「アトリエには暖炉があった？　飼い犬は？」

「ええ、とても居心地のよさそうな部屋でしたよ。暖炉の前には羊毛の敷物が敷かれていて、その上にどっちが敷物かわからないサミーが寝そべっていて、ここにいるのが一番落ちつくと言ってました」

真剣そのものの表情で耳を傾けるスタイン教授に、若者のほうがくすりと笑った。

「ねえ、スタイン教授。三百年も前の人と会ったと言われてるんだから、頭から信じたら駄目《だめ》でしょう。もっと怪訝《けげん》な顔をしないと」

変な人だと思われますよ——と本末転倒な忠告に教授は首を振った。

「あなたが本当にドミニクに会って話したかどうか、

Rika

それはたいした問題ではない。事実を確かめる術《すべ》はどこにもないのだから。ただ……あなたに会えた。この絵の前であなたに会うことができた。こんなに嬉《うれ》しいことはない」

老いた顔を子どものように輝かせて教授は右手を差し出した。

「握手してもらえますかな?」

「喜んで」

あとがき

今回、久々にサブタイトルを思いつきました。『父の復権』です。

あまり活躍しているわけではないのに、それどころかむしろ散々な眼に遭《あ》っているのに、不思議ですね。お父さんは妙に存在感を残しました。


この本と同時に『C★N25』という本が出ます。

一昨年のスペイン・イタリア旅行の顛末《てんまつ》を鈴木理華《すずきりか》さんが描いてくださっていますので、ぜひご覧ください。補足説明をしますと、出発前まで仕事に追われていた作者が、せめて現地の情報をとガイドブックを買ったのは出発の二日前。そのスペインのガイドブックにサグラダ・ファミリアのユニークな紹介文が載っていました。

『世界で唯一入場料を取る工事現場』

おもしろい表現だなと思いながら行ってみると、そこはまさしく工事現場でした。

旅行中、もっとも驚いた事実かもしれません。未完成なのはもちろん知っていましたが、まさかあそこまで徹底した工事現場だとは！

黄色のヘルメットを被らなくてもいいんだろうかと呆気《あっけ》にとられたくらいです。

ところで、スペインもイタリアもご存じのように石を投げれば世界遺産に当たるという国です。最高です。大喜びで初日からせっせと歩き回りました。

しかし、それまでの二ヶ月間ほとんど座りっぱなしで机に向かっていた人間がいきなり朝から晩まで、それも連日、年季の入った石畳や石段を歩き始めたわけです。

無謀でした。あまりに無謀でした。それでなくとも体力・運動神経ともに日頃から欠如しているというのに。三日目には歩こうとしても足が動かないという事態に陥《おちい》りました。

念のため大量に持参した足用の湿布薬《しっぷやく》を残らず使い切る羽目になり、帰国したらせめて散歩を日課にしようと固く誓いました。その決意も仕事が押してくればどこへやらですが……一息ついたらまた散歩を再開できそうです。

そしてもう一つ、『C★N25』にはやはり鈴木理華さんのブレイズキャラクターによるとても可愛くて楽しい（恐ろしい？）童話が載っています。笑えること必至です。

ちなみに作者はデルフィニアの外伝を書いています。頑張っているんだけど、ちょっと気の毒な、けれど微笑ましい少年の成長物語——といったところでしょうか？

沖麻実也《おきまみや》さんの美しいイラストも必見です。ぜひどうぞ。

茅田砂胡

ご感想・ご意見をお寄せください。

イラストの投稿も受け付けております。

なお、投稿作品をお送りいただく際には、編集部
(tel:03-3563-3692、e-mail:cnovels@chuko.co.jp)

まで、事前に必ずご連絡ください。

〒104-8320　東京都中央区京橋2-8-7
中央公論新社　C★NOVELS編集部

夜《よる》の展覧会《てんらんかい》
──クラッシュ・ブレイズ

2007年11月25日　初版発行

著　者　茅田《かやた》 砂胡《すなこ》

発行者　早川 準一

発行所　中央公論新社
〒104-8320　東京都中央区京橋2-8-7
電話　販売 03-3563-1431　編集 03-3563-3692
URL http://www.chuko.co.jp/

印　刷　三晃印刷（本文）
大熊整美堂（カバー・表紙）

製　本　小泉製本

Published by CHUOKORON-SHINSHA, INC.
Printed in Japan　ISBN978-4-12-501001-4 C0293

応募規定

❶原稿：必ずワープロ原稿で40字×40行を1枚とし、80枚以上100枚まで（400字詰め原稿用紙換算で300枚から400枚程度）。プリントアウトとテキストデータ（FDまたはCD-ROM）を同封してください。

【注意!!】プリントアウトには、通しナンバーを付け、縦書き、A4普通紙に印字のこと。感熱紙での印字、手書きの原稿はお断りいたします。データは必ずテキスト形式。ラベルに筆名・本名・タイトルを明記すること。

❷原稿以外に用意するもの。

ⓐエントリーシート
（http://www.chuko.co.jp/cnovels/cnts/ よりダウンロードし、必要事項を記入のこと）

ⓑあらすじ（800字以内）

❷のⓐⓑと原稿のプリントアウトを右肩でクリップなどで綴じ、❶❷を同封し、お送りください。

応募資格

性別、年齢、プロ・アマを問いません。

選考及び発表

C★NOVELSファンタジア編集部で選考を行ない、大賞及び優秀作品を決定。2009年3月中旬に、以下の媒体にて発表する予定です。

- 中央公論新社のホームページ上→http://www.chuko.co.jp/
- メールマガジン、当社刊行ノベルスの折り込みチラシ及び巻末

注意事項

- 複数作品での応募可。ただし、1作品ずつ別送のこと。
- 応募作品は返却しません。選考に関する問い合わせには応じられません。
- 同じ作品の他の小説賞への二重応募は認めません。
- 未発表作品に限ります。但し、営利を目的とせず運営される個人のウェブサイトやメールマガジン、同人誌等での作品掲載は、未発表とみなし、応募を受け付けます（掲載したサイト名、同人誌名等を明記のこと）。
- 入選作の出版権、映像化権、電子出版権、および二次使用権など発生する全ての権利は中央公論新社に帰属します。
- ご提供いただいた個人情報は、賞選考に関わる業務以外には使用いたしません。

締切

2008年9月30日（当日消印有効）

あて先

〒104-8320 東京都中央区京橋2-8-7
中央公論新社『第5回C★NOVELS大賞』係

主催・C★NOVELSファンタジア編集部